KB126936

웃는 꽃

한성례

1955년 전북 정읍 출생. 세종대학교 일문과와 동 대학 정책과학대학원 국제지역학과 일본학 석사 졸업. 1986년『시와 의식』신인상으로 등단했고, 한국어 시집『실험실의 미인』, 일본어 시집『감색치마폭의 하늘은』『빛의 드라마』, 인문서『일본의 고대 국가 형성과 만요슈』등의 저서가 있으며, '허난설헌 문학상'과 일본에서 '시토소조 문학상'을 수상했다. 번역서『세계가 만일 100명의 마을이라면』『붓다의 행복론』등이 중고등학교 각종 교과서에 수록되었으며, 소설『파도를 기다리다』『백은의 잭』『달에 울다』『광매화』『구멍』, 에세이『1리터의 눈물』, 인문서『또 하나의 로마인 이야기』를 비롯하여 한일 간에서 시, 소설, 동화, 에세이, 인문서, 비평서, 실용서, 시 앤솔로지 등 200여 권을 번역했다. 특히 정호승, 김기택, 안도현, 송찬호 등 한국시인의 시를 일본어로, 고이케 마사요, 이토 히로미 등 일본시인의 시를 한국어로 번역 출간하는 등 한일 간에서 많은 시집을 번역했으며, 1990년대 초부터 문학을 통한 한일교류를 꿈꾸며 한일의 문학지에 양국의 시를 번역 소개하고 있다. 현재 세종사이버대학교 겸임교수.

황금알 시인선 185

웃는 꽃

초판발행일 | 2018년 11월 30일

지은이 | 한성례
펴낸곳 | 도서출판 황금알
펴낸이 | 金永馥
선정위원 | 김영승 · 마종기 · 유안진 · 이수익
주간 | 김영탁
편집실장 | 조경숙
표지디자인 | 칼라박스
주소 | 03088 서울시 종로구 이화장2길 29-3, 104호(동숭동)
전화 | 02)2275-9171
팩스 | 02)2275-9172
이메일 | tibet21@hanmail.net
홈페이지 | http://goldegg21.com
출판등록 | 2003년 03월 26일(제300-2003-230호)

값은 뒤표지에 있습니다.
ISBN 979-11-89205-21-8-03810

*이 도서의 국립중앙도서관 출판예정도서목록(CIP)은 서지정보유통지원시스템 홈페이지(http://seoji.nl.go.kr)와 국가자료종합목록시스템(http://www.nl.go.kr/kolisnet)에서 이용하실 수 있습니다. (CIP제어번호 : CIP2018033540)

웃는 꽃

한성례 시집

황금알

| 시인의 말 |

고대 제정일치 시대의 왕은 샤먼이었다.

샤먼왕의 구술과 주문은 신을 대신해서 부르는 노래이고 시였다.

접신하는 존재의 영혼을 울리는 노래와 시.

그 샤먼왕처럼 오늘 난 미래의 내 시에 전언을 보낸다.

내 시가 나를 증언해 주길 바란다.

내 문학의 원천인 87세의 어머니께 이 시집을 바친다.

차 례

1부 흰 살구꽃처럼 늙어 죽는 꿈

2부 풍경의 구멍

3부 고향우물

4부 코페르니쿠스의 별

1부

흰 살구꽃처럼 늙어 죽는 꿈

흰 살구꽃처럼 늙어 죽는 꿈

꿈을 꾸었네

달빛 가루 같은 흰 살구꽃이 흐드러지게 피어나
달큼한 향기가 사르륵 사르륵 심장을 핥아가는
4월 어느 날 밤에
달빛 아래 늙어 죽는 꿈
정수리부터 천천히 머리 색이 하얘졌다가
다시 검은 머리로 덮여오고
또 하얘지기를 수없이 반복할 때
달은 몇 번이고 졌다가 다시 떠오르고
떠올랐다가 다시 졌다

흰 살구꽃에 섞여 뽀얗게 흩날리는 흰 머리칼
이윽고 살구나무와 한몸이 되어 소용돌이치고
달빛 아래 온통 하얀 이력을 헐떡이며 따라가서
목숨을 핥아먹는 향기에 길을 잃었다

달빛 가루 같은 흰 살구꽃이 발목을 잡는 밤
내내 그 자리에 서 있다

흰 머리칼을 분분히 흩날리며
흰 살구꽃 같기도 하고 흰 머리칼 같기도 한
이화된 나무가 거기에 서 있다

꿈속은 내 오류의 단어다

꿈속은 내 오류의 단어다
멸망한 왕조 뒤뜰에 핀 꽃이
처절해서 더욱 선명해 보이듯
들어가 보지 못한 그곳은 늘 원색적이다
기억의 만화경에 찍힌 총천연색 시네마스코프다

바오밥나무 가지가 뿌리를 머리에 인 형상인 것은
밤낮없이 꿈만 꾸어서다
허공을 향해 꿈의 세포를 뻗어 간 탓이다
아니다
땅에 뿌리를 내리지 않고
하늘을 향해서만 꿈을 꾼 죄다
언어에 영혼이 스미는 꿈

그 사람의 그림자만 잃었을 뿐인데
꿈속에서는 늘 그의 전 생애가 펼쳐진다
파노라마처럼 물결치는 그의 자서전을 매일밤 읽는다

꿈이라는 문으로 바다를 본다

하늘을 보고 우주를 본다
이생에서 달아난 사람을 본다

작은 아픔이 들어와 큰 아픔을 밀어내고
더러운 균이 들어와 큰 병을 막아주듯
꿈은 예방접종이다
생의 예고편을 보여주는 상영관이다

암수 두 마리 뱀이

서로 꼬리를 먹어간다
해가 설핏 기울었다
뇌간*이 반대로 움직이는 시간이다
본능의 밑바닥에 남은 감각만으로
무의식의 빗장이 풀린 채
서로에 취해 잘금 잘금 꼬리부터 먹어간다
양쪽이 똑같은 속도로 줄어든다
길이가 줄어들수록 순환의 고리가 더욱 단단해진다
상징을 먹고 관념을 먹고 포만감을 먹는다
뱀 두 마리의 길이가 줄어들어 무한히 줄어들어
점점 둥글어진다
새빨간 피를 서로 빨아들여
커다란 원 하나로 완성된다
영원히 서로의 몸을 먹어가는 뱀 두 마리
붉은 해가
지금 막 바다에 풍덩 빠졌다

* 뇌간腦幹 : 뇌와 척수를 연결하는 부위이며, 모든 신경이 이곳을 통과한다.

왕비의 어금니

옛날에는 하늘을 덮는 커다란 오동나무였지만
오늘은 키 작은 제비꽃으로 하늘하늘 피어났다
닭 우는 소리, 개 짖는 소리가
노숙의 풀잎에 새겨졌다
바람은 서둘러 황야로 돌아가고
일식은 송두리째 빛을 삼켜버렸다

오랫동안 유물창고에서 나뒹굴다가
우연히 발견된 왕비의 어금니 하나
온전하게 발굴된 고대의 왕릉에서 나온
어금니 하나가 바람의 말을 듣고 있다
바람의 말로 메아리를 이야기하고 있다
하늘가에 똬리를 튼 뱀을 쫓아가
낮과 밤을 불러온다

물길이 막혀버린 망각의 강
흐름을 멈춘 그 강에
검은 백합 한 송이가 떠 있다

아아! 낮달

태양을 따라다니느라 지구는 어깨마저 기울었다
지구를 따라다니느라 달은 낯빛마저 파리해졌다
거리를 두고 서로가 서로의 곁을 지켜왔다
보이지 않는 한 몸이었다

들끓는 행간을 덮어주는 윤달閏月
달은 삼 년에 한 번씩 열기를 토해낸다
천지의 신들도 눈감아 주는 시간
썩은 달을 윤달이라고 했던가
신의 벌조차 피할 수 있는 시간
길 잃은 영혼을 위해 수의를 짓는다

하늘 강을 빠져나온 낮달의
하얀 눈썹이 빛나고 있다
가까이에 아주 가까이에 다가가고 싶었다
낮달이 가만가만 이마를 짚어준다

종종 비행기 놓치는 꿈을 꾼다
시계를 보면

비행기가 이륙하는 시간이곤 한다
그때부터 공항을 향해 죽을힘을 다해 질주한다
가끔은 빈사 상태인 사람도 동행한다
가사상태인 사람도 동행한다

아아! 밤이나 낮이나
항상 하늘 어딘가에 떠 있을 그대
낮잠에서 깨어난 달이
어두운 하늘을 밝힐 시간이면
개똥벌레들이 먼저 환하게 시간의 강을 만들고
하늘로 올라간 영혼들이 바삐 움직이기 시작한다

일생이 아주 길었던 강이
깊은 영혼으로 번식을 거듭하여
이윽고 증발해버린 그 한 줄기 강이
다시 생장을 갈망한다

또 다른 낮달 하나가 하늘 강을 건너고 있다

산정호수

아직은 죽지 않았다
상처에서 타고 있는 불꽃을 남들이 볼까 두렵기도 하지만
도시에서는 더 많은 사람들이 죽어 나가
이제 죽음마저도 견딜만하다
산을 뚫고 바위를 깎아 길이 단축되었듯이
말은 그만큼 단순해지고 예리해졌다
쌓인 추억과 꿈을 더하면 생은 그리 짧지도 않다
가장 아름다운 말을 촉각만으로 읽을 줄도 알게 되었다

하늘을 가져다 알코르에 재어 놓은 듯한 물빛
새들이 날아와 수면에 글씨를 쓰고
구름이 몰려와 이불을 덮어 주고
눈발이 수면 위에 덧칠해 놓은 그림을
종종 바람이 훔쳐간다

스무 살에 올랐던 산정호수에 다시 올라 문득 왜 그 광경이 떠올랐을까.

아주 오래전, 서른세 살에 요절한 내 아버지의 사촌동

생이 아버지보다 세 배는 더 오래 살다 세상을 떠나 매장하러 간 서울 근교의 공동묘지에서 바로 옆자리에 들어갈 젊은 여자. 정확하게는 관에 넣지 않은 젊은 여자의 시체. 어서 빨리 썩어 흙으로 돌아가라고 관에 넣지 않았다던 그 젊은 여자가 하늘을 향해 무방비로 누워 있던 모습이. 오랜 세월 동안 변함없이 하늘을 품고 누워 있는 이 산정호수에서.

정상에 오르자
당돌하게 모습을 드러낸 거대한 거울이
고통과 쾌락을 무지개로 그려낸다

스무 살 무렵의 사랑은 조금도 진화하지 않았다
그저 퇴적층처럼 쌓여갈 뿐이다

눈발 흩날리는 물가에서
과거에서 전달받아 미래의 나에게 발신한
그 전언을
청명하게 받아든다

맹점의 각도

나뭇잎 사이로 빛바랜 햇살이 비쳐들어
나무 아래가 온통 군청색 화폭으로 바뀐다
몽롱한 커튼이 드리워진다
적색과 흑색이 뒤섞이는 저녁 무렵
낮도 밤도 아닌 마魔의 시각
거미가 낮게 내려온다
새 한 마리가 저공비행을 한다
허공에서 내려앉는 생명들
그 힘에 이끌려 하늘이 땅으로 딸려오고
땅과 하늘이 가까워져 경계선이 지워진다
지금은 낮에 쏟아낸 말을 망각할 시간이다
지축 끝에서는 낮과 밤의 피가 뒤섞여
식지 않은 꿈이 매장되어간다
찰랑찰랑 담긴 피를
쏟지 않으려고
석양이 가만가만 발을 끌며 넘어가고
사람도 아슬아슬한 목숨을 받쳐 들고 흘러간다
햇빛을 향한 갈망이 만들어낸
신기루의

걸어 다니는 나무를 보러 왔는데……
발 달린 나무
뿌리가 몸통에 달려
영양분을 따라 옮겨 다니는 나무
문득 나무들의 군락이 사람 무리처럼 보인다
죽음 직후 살갗에 나타나는 사반死斑
그 얼룩에 목숨 쪽이 잠겨간 것은 아닐까
낮과 밤 어느 쪽도 아닌
저녁 무렵의
사물이 흐릿하게 보이는
그 한순간처럼
이쪽 세상인지 저쪽 세상인지
분간이 안 가는 맹점의 각도

홍자색 목단꽃

우리는 매일 아침 맹목의 표류 속에서 눈을 뜬다. 영혼의 귀퉁이가 조금씩 풍화해가는 늙은 유물들. 그 앞에서는 그저 망각의 탑을 덧쌓는 육신의 방목을 무감각하게 맞이해야 한다. 밝은 빛을 내뿜는 초신성, 오늘 아침 막 새로운 별 하나가 태어났다. 아니다. 그건 죽어가는 별이다. 어둠을 견디는 영위 속에서 무화되어가는 별. 폭발과 함께 엄청난 빛을 발한 뒤 수명을 다하고 영원회귀라는 궁극의 문을 찾아 나서겠지.

반짝이는 별은 죄다 알몸이다. 그 별에 잠시 깃들었던 영혼이 손을 흔들며 떠나간다. 돌아오지 않는 메아리처럼 빛과 어둠 사이로 사라진다.

영원히 반복되는 과거
과거는 이미 미래에서 점멸하고 있다.

남자가 돌아간 그해 봄, 여자는 날마다 목단꽃을 훔쳤다. 한 송이씩 꺾어다 식탁에 꽂았다. 꽃이 예뻐 보이면 여자는 늙는다던데 중얼거리며. 늙은 나무에 핀 고귀한 홍자색 목단꽃이 어느 날 문득 여자의 눈길을 휘어잡았다. 꽃 중의 왕, 무속 세상의 통치권자, 탐스럽고 아름다운 그 꽃을 황홀하게 바라보다 우드득 우드득 목을 꺾었다.

나비 같기도 하고 새 같기도 한 날것이 검게 빛나는 바다 위를 날아간다. 한쪽 날개가 젖어 있어 날갯짓이 힘겹다. 그 아래 망망대해를 노 없는 조각배 하나가 맞바람을 헤치며 나아간다. 막 태어난 별들이 돌연 바다로 우수수 쏟아져 내린다. 새까만 하늘과 땅 사이에는 온통 스스로 몸을 태워 빛을 내는 별빛뿐이다.

우리는 매일 아침 맹목의 표류 속에서 눈을 뜬다.

부귀영화를 함빡 누렸다는 듯 오늘은 홍자색 목단 꽃잎이 시들시들하다.

부장품 여자

묘실에는 표박된 공기
켜켜이 쌓인 먼지만이 똬리를 틀었고
목관에 새겨진 순장의 기억
애증과 치욕을 되새김질한다

순장으로 바쳐진
고분의 부장품 여자

한 남자와 두 여자
경주 황남대총의 쌍무덤 남분에는
순장 당한 소녀와 함께 왕이 누워 있고
나중에 죽은 왕비는 북분에 혼자 누워 있다
이생에서 뜻대로 살았던 자가 몇 명이나 될까마는
죽어서조차 얽히고설킨 복잡한 영혼들이다

고대 발칸반도의 한 부족에서도 남편이 죽으면
여러 아내 중 가장 사랑받은 아내를 뽑아
가까운 친족들의 손에 살해당해
남편과 함께 매장했다는데

남은 아내들은 선택받지 못했음을
가장 끔찍한 치욕이라 여겼다는데
시앗을 보면 길가의 돌부처도 돌아앉는다는
그 속담은 개한테나 던져줄까

밀폐된 사랑은 늘 불편하여
어깨를 구부리고 잠든 수많은 밤들
늘 그래 왔듯이 내일이 오늘을 끌고 갈 뿐이다
흔적 없는 오늘 또 내일

새 한 마리
쌍무덤 고분 위에 홀로 앉아
사심 없는 눈빛으로
먼 하늘을 응시하고 있다

표준시標準時

일본 열도의 동북지방을 향해 달려가는 기차 안, 섭씨 40도의 차창 밖에는 사람 그림자 하나 없다

가옥과 이웃한 공동묘지가 언뜻언뜻 눈에 들어오고 즐비하게 늘어선 비석만이 뙤약볕 아래 존재감을 드러낸다

울타리 하나로 산 자와 죽은 자의 공간이 나뉘는 일본의 주택가 공동묘지

동네 속의 공동묘지, 공동묘지 속의 동네

생과 사가 공존하고, 담 하나 사이로 표준시의 일주운동이 달라진다

어제까지는 내가 살던 집

헌 집 내어주고 새집으로 건너왔지

시간과 죽음은 누구에게나 공평하고 누구나 각자의 표준시를 산다

그 표준시의 시간 속을 나는 지금 평행으로 질주하고 있다

불멸의 표준시를 채택하여 뜨겁게 태양의 자오선을 통과하고 있다

빛을 삼킨 꽃잎

요염한 연분홍색 볼 터치의 카사블랑카백합은
시들기도 전에 한순간 뎅정 꽃잎이 진다
투두둑 제 몸 떨어지는 소리에 비명을 지른다

생사의 별리를 알아차리지 못한 경계에서
빛은 범람하기 시작하고
꽃술에서 분리되지 못한 채 부르르 몸을 떤다
빛의 포충망에 견고하게 덮여가는 얼굴

아직은 뜨거운 목숨
진한 향기로 견뎌내지만
빛의 독은 목을 타고 꿀꺽꿀꺽 넘어간다
살 떨리는 파르르한 진동
가득 퍼진 빛이 구석구석 온몸을 핥아가고
그것이 죽음인 줄도 모르고
몸을 내맡긴 황홀한 순간!

빛의 윤무 그 현란한 절정에서
흔적조차 삭제돼버린 카사블랑카백합

도둑고양이가 우는 밤

도둑고양이가 응애응애 운다. 떼거리로 몰려와 울어댄다. 갓난아이 영혼 하나씩을 삼키고 목청을 돋운다. 배고픈 새끼 고양이가 울고, 음식을 빼앗고, 연적과 싸우고, 교미를 하고. 그 모든 행위 하나하나가 울음소리로 집약된다. 슬프게도 애달프게도 청승맞게도 처량하게도 들리고 심지어 청아하게 들릴 때도 있다.

한밤중에 갓난아이가 느닷없이 우는 데는 이유가 있다. 무언가에 영혼을 빼앗기지 않으려는 안간힘, 가끔은 지구자기장이 요동치고 땅속 하부맨틀의 느린 움직임마저 힘을 가해오고 세상의 온갖 힘에 맞서려는 몸부림이다.

구순이 다 된 어머니는 버섯이란 버섯은 죄다 입에 대지 않는다. 물컹물컹한 버섯이 아기들의 살점 같다며 씹지 못한다. 어렸을 때 할머니를 따라 옆 마을로 마실 갈 때면 커다란 당산나무를 지나가곤 했는데 나무에 매달아 놓은 아기 시체에서 뚝뚝 썩은 물이 떨어지더라는 것이다. 아기가 죽으면 늑대 같은 들짐승들에 먹히지 않게

땅에 묻지 않고 높은 나무에 매달아 놓는 관습의 그 남쪽지방에서는 유독 아이를 매달아 놓은 당산나무 아래 통통 살찐 버섯이 지천이었다고 한다.

한밤중 도둑고양이 떼가 울어댄다. 허겁지겁 저 생으로 돌아간 아기 영혼을 하나씩 삼키고, 맑은 영혼은 꼭 그렇게 울었을 법한 갓난아기 울음소리를 낸다. 비유가 아니라 세상을 다 아는 늙어빠진 입으로 운다.

빛의 드라마

그때 나는 줄지어 가는
벽화 속 행렬의 맨 마지막 여자
둥근 턱선에 볼이 토실토실하고
막 유행하기 시작한 빈하수 머리*
한 가닥 귀 앞으로 내어 양 볼에 드리우고
허리 잘록한 부챗살 모양 치맛단에
자꾸만 발이 걸려 등을 쭉 펴고 걸어야 했지요
우리가 걸어가는 머리 위로
줄곧 붉은 태양이 따라붙었고

그날 아침 동경銅鏡을 들여다보다
하마터면 눈물을 쏟을 뻔했지요
이 눈부신 아름다움
다시는 돌아오지 않을!

불타듯 몸이 달궈지던 그 순간
빛의 뚜껑이 열리고
범람하는 빛이 차곡차곡 내 몸에 차오르고
제국주의의 역사학자는

빛의 조리개를 열어 영원을 향해
나를 거꾸로 세웠지요
단 한 번밖에 찍힐 수 없는 우리들의 드라마
장군총*은 빛을 빨아들일 채비로 분주해지고
콸콸 쏟아져 들어온 빛의 홍수는
우리의 가슴에 출렁출렁 흘러넘쳤지요
빛으로 가득 채워진 발광체의 우주
환하게 밝아지는 빛의 심장

하루하루는 연명이 아니고 빛에 찍혀가는 것
아주 오랜 시간에서 날아온 운석의 비행 같은 것
투명한 씨줄과 날줄이 모여 한 점을 이루듯
빛은 한순간을 허공에 띄웠지요
날카로운 파편처럼 사방으로 튀었지요

강렬하게 귓가를 때리는 온갖 소리
매양 들어도 도무지 익숙해지지 않던
벽돌 지붕 너머의 무수한 울림들
우리에게 뻗쳤던 첫 번째 빛은

그날 어딘가의 페이지에 들어가
한 줄로 스미었겠지요
밀려든 빛은 우리를 한없이 능욕하며
쉬지 않고 드라마를 찍어가지만
뭉텅 잘리기도 하고 훌쩍 풀려나가는 영상들

정오의 햇살이 정수리에 꽂히면
이미 하루를 마칠 준비가 시작되고
가슴에 묻힌 빛의 잔해를 조심스럽게 쓸어내지요
조금씩 타들어 가는 초점
간혹 객체화되는 어둠

넘실거리는 빛으로
무수한 오늘의 소실점을 찍어나가고
사라진 빛의 기억을 더듬어
소멸하는 것들의 아름다움과 슬픔을
되감고 재생하지요

문이 열린 그 순간부터 찰칵찰칵 찍히기 시작한

우리들의 길고 긴 빛의 드라마

* 빈하수鬢下垂 머리 : 고구려 여인들이 귀 앞으로 길게 드리운 애교머리.

* 장군총 : 통거우 12호 고분. 중국 지린성吉林省 지안현集安縣 통거우通溝 평야에 있는 고분으로 3세기 초부터 427년까지 400년간 고구려의 도읍지였던 국내성 시대의 석릉石陵. 일제강점기 일본의 역사학자들에 의해 조사와 발굴 작업이 이루어졌다. 광개토대왕릉비와 고구려 최대형 무덤인 태왕릉, 사신총四神塚 등 석릉과 토분 등 주변에 1만기가 넘는 고구려 고분이 군집되어 있다. 이곳 사람들은 장군총을 옛날부터 '황제무덤'이라고 불렀다.

턱선과 흘수선吃水線

선체가 물에 잠기는 한계선인 흘수선
흘수선이 가라앉아간다
선이 흐트러지며 늙어가는 턱선
턱선이 무너져간다

턱선이 무너지는 경계선에서
누에가 뽕잎을 먹듯 생은 입을 오물거리고
흘수선은 께느른한 잠에 잠겨간다
허겁지겁 밥 떠먹고 에둘러가는 길
손이 가장 먼저 늙는다고도 하고
수술로도 고치지 못하는 목주름을 보면
나이를 안다고도 하지만
턱선만큼 정확한 나이테는 없다
흘수선을 끌고 다니는 턱선
한순간을 떠안고 나자빠지는 흘수선

인류 최초로 등산 장비를 몽땅 내던지고
첫 등반에 히말라야의 낭가파르바트 정상에 올라
신과 한판 붙듯

눈 아래 시꺼먼 지옥 앞에서
꼿꼿이 선 채 비박을 하고 내려온
스물여덟 살의 헤르만 불은
한순간에 폭삭 늙어버렸다
턱선이 하루 만에
팽팽하게 당겨진 줄을 놓아버리고
다시는 흘수선에 들지 못했다

선체가 물에 잠기는 한계선인 흘수선
흘수선이 가라앉아간다
선이 흐트러지며 늙어가는 턱선
턱선이 무너져 간다

복사되는 생

언젠가 와본 듯한 장소
언젠가 해본 듯한 행동
반복되는 데자뷔의 시간
끈질기게 복사되는 환장할 생의 기억

다리를 건너와
강 건너 저 아득한 불빛을 바라보면
뿌옇게 뻗친 들숨과 날숨의 띠가 불이랑을 이루고
그 불꽃들은 퍼즐처럼 조각조각 흐트러집니다
다리 아래 평생 울어야 할 눈물이 흘러갑니다
그 강기슭에서
당신의 목숨이 되어준
누군가의 마지막 호흡을 위해
들숨 날숨을 기억해 둡니다
세포에 각인된 기억들

오늘 당신의 몸이 어제의 것이 아니듯
내일의 깔끔한 소멸을 위해
오늘도 당신은 분투합니다

정신없이 떠돌다가 어느 날
걸음을 멈추고 그 길과 마주하겠지요
홀연히 떠오르는 기억들
관계 설정이 뒤엉킨 변주된 테마처럼
그때 빛은
어느 생을 무자비하게 데자뷔하고 있겠지요.

언젠가 와본 듯한 장소
언젠가 해본 듯한 행동
반복되는 데자뷔의 시간
끈질기게 복사되는 환장할 생의 기억

작은 새

바람길을 무작정 날아왔을까
숨 고르는 작은 새
훅 쏟아놓은 숨결에
물고 날아온 중음 세상 한 자락
가늘게 파동으로 깔려가고
미래가 과거로 현재가 미래로 뒤죽박죽되는
이생과 저생의 바람길

쿨렁쿨렁 몸에서 쏟아진 것들이
또 다른 생을 굴리며 흘러가고
산 것들은 제 몸에서 나온 오물로 나날을 견딘다
눈물을 타고 넘어온 강이 흐른다

하루를 두 뼘쯤 남겨둔 해가
일탈처럼
나뭇가지 사이로 햇살을 반짝 내리친다
어리둥절한 작은 새
두리번두리번 고개를 갸웃거리고
제 발목 쿡쿡 쪼아보지만

떠나는 길목은 늘 느닷없어서

문득 바람이 후루루 지나가고
나뭇가지가 텅 비어 있다
어디로 갔을까

마음에서 나와 다시 마음에 닿기를 바라며*

가랑이 사이로는 위를 올려다보지 말자
먹빛 하늘에서 와르르 별이 쏟아지고
온 속력을 다해 자전을 시작한다
광기의 공전을 시작한다
엎어진 초승달을 따라
거꾸로 매달린 별들이 오돌오돌 몸을 떨고

인간 모습을 한 늑대들이
늑대다, 늑대다 외치는 소리에
새파랗게 질려 부들부들 떠는 천공
소용돌이치는 밤하늘을 더는 올려다보지 말자

별들이 은하수 바닥에 가라앉아
말똥말똥 아래를 굽어본다
이름 모를 초롱초롱한 눈빛
새로 들어앉은 별들의 손발이 차갑다

바닷물이 먹물이라면 너희에게 영원히 편지를 쓰리
물결은 절벽의 높이를 모른 채 출렁인다

젖은 별들이 남십자성에 모여
얼음장 같은 몸을 녹이고 있다
석탄 자루 암흑성운은 부디 밟지 말고
보석상자 아름다운 산개성단을 딛고 서렴

초승달이 차올랐다가 다시 초승달로 돌아오면
하늘과 바다가 뒤엉킨 악몽을 다시는 꾸지 말기를

마음에서 나와 다시 마음에 닿기를 바라며

—세월호 참사로 희생된 어린 영혼들을 진혼하며—

* 마음에서 나와 다시 마음에 닿기를 바라며 : 원문은 'Von Herzen—Möge es wieder zu Herzen gehen!'. 베토벤이 작곡한 '장엄미사' 제1장 첫머리에 그가 직접 적어 놓은 메모.

낙화

유리창 가득
떨어지지 않으려 안간힘을 다해 견디는 물방울
간신히 자신을 채워
부서지지 않는 목숨

세찬 바람에
힘겹게 가지를 붙들고 있는 라일락 꽃잎
놀라서 한밤중에 입을 연 백목련 꽃잎
재잘거림이 단말마로 변한 개나리 꽃잎
꺾인 가지마다 한 등 두 등 불이 꺼진다

달이 흘린
눈물 한 방울도
장대비에 섞여 그림자를 잃었다

전부를 긍정하는
당신의 눈동자
영혼에 불을 붙여
꺼진 등마다 하나씩 불을 밝힌다

산산이 조각난
당신의 부재가
사방에서 하염없이 진다

소유하지 못할 시간의 축적
이제 고장 난 시계의 추는
흔들기를 멈추었다
소리를 멈추었다

하얀 나비 한 마리

쓰러지자마자 한순간에 숨을 거둔 57세의 아들, 다섯 달 전의 그 갑작스런 죽음을 슬로 모션으로 반추해 보이듯 87세의 어머니는 중환자실에 누워 하루하루 끈질기게 생을 붙잡고 있다.

기다리다 기다리다 못 견디게 보고 싶은 날이면 아들을 만나러 그 강가까지 나갔다가 돌아오고 다시 나서기를 반복한다.

아들의 죽음을 알리지도 않았는데, 인사하러 왔더라며 죽었냐고 묻고는 하루를 목 놓아 울고 나서 언어능력도 지각능력도 다 놓아버리고, 이제 곡기마저 받아들이지 못한 지 며칠.

초점 흐린 눈을 깜박이는 것 외에는 움직일 수도 없지만 의식만은 나비처럼 가벼워 팔랑팔랑 그 강가까지 날아다닌다.

오늘도 아들을 만나지도, 그 강을 건너지도 못한 채 돌아온 모양이다.

길을 잃지 않고 둥지를 찾아 돌아온 하얀 나비 한 마리.

2부

풍경의 구멍

가진 것

몽골의 초원에서 나는 많은 것들을 내려놓아야 한다고 생각했지요. 가능한 한 덜고 버리고서 빠드득 물기 마른 지평선 한 자락 몰고 올라가 산뜻하게 걸린 무지개처럼 정말이지 몸이 가벼워지는 것. 지구라는 행성에 나란히 동거하면서도 우린 서로 가진 것이 달랐지요. 몇 마리의 양과 말, 한나절이면 거뜬히 접어 길 떠나, 발 닿으면 다시 세우는 서너 평 남짓한 '겔'. 고작 그 안을 채울 만큼이 온 가족이 가진 것 전부. 그러기에 몽골의 유목민들에게는 짙푸른 하늘과 끝없는 초원, 머리 위로 열리는 밤하늘의 수박만 한 별들, 이 모두가 다 그들 차지였지요.

존 도우John Doe씨 너무 지루해!

존 도우씨!
흔하디흔한 그저 그런 사람의 대명사
나이고 너, 너이고 그대
서울 한복판에서 김씨
ID만의 얼굴로 세상을 누비는
발에 밟히는 흔하디흔한
나도 되고 너도 되는 우리 모두의 이름

모래알 같은 별들이 반짝이기 시작하고
어디에 박혔는지 모를
그대 이름은 왜소행성 134340
행성지위를 박탈당하기 전
화려하게 명왕성의 이름을 달고
아홉 개의 행성과 나란하던 시절
실은 중력도 질량도 덜떨어지고
크기도 자체위성과 비슷할 뿐인
별것도 아닌 능력에 잘도 버텼지
거느린 세 위성도 동시 처분당했지만
그만큼 누렸으면 됐지 않나?

이름 좀 붙였다 뗐다고
뭐가 달라진다고
세상 뭐 별거 있어?
홀라당 던져버려!

운은 덤일 뿐 늘 자기편이 돼주진 않아
이름 같은 게 무슨 상관이겠어?
흔하디흔한 무명씨들 중 익명의 점 하나
깨알 같은 별들 중 하나
하루하루를 까먹는 일에 길들여진
존 도우씨! 당신……

흔적을 남기지 말라는 별난 등반가가 있었지
산에도 삶에도
가뭇없이 사라지는 발자취
남긴다는 불온함을 견디지 못해
장비도 갖추지 않고 히말라야에 올라
어기찬 물음표 하나 붙들고
광대한 크레바스에 빠져들었지

시간의 바람을 홀짝이는 공룡의 뼈처럼
태양을 공전하는 매너리즘
작은 위성조차 제대로 이끌지 못한
그대 이름은 본시 명복의 명冥자 아닌가
그래 명복을 비네

명성에 어깨를 기대고
기록을 갈아치웠다 한들
근근이 살아가는 존재가 어찌 그대뿐일까
공사판에서 하루 벌어 하루 사는
패망한 왕조의 후예처럼
하늘에 뿌려진 가루별들
존 도우씨들!
나 그리고 당신……

자오선

언제든 교환 가능한 일상, 필요 없는 것들로 이루어져 있어 늘 결론부터 말하는 습관이 붙었다.

자오선은 변경 가능한 기준, 어떤 자오선을 기준으로 삼을까. 그리니치 천문대가 기준이면 유라시아는 동쪽이고 미국은 서쪽, 뉴질랜드와 베링해 자오선이 기준일 경우 유라시아가 서쪽이고 미국은 동쪽. 선 하나만으로 존재는 등을 돌린다.

장소를 관리하는 것은 우리의 의지가 아니다. 오로지 현재를 두드리고 있을 뿐이다. 남극과 북극을 지나는 상상의 선. 우리들 내부에 가득한 수많은 선. 지구를 남과 북으로 자르든, 우주를 좌우로 자르든 어차피 반원의 세계다. 우리들 물통은 항상 반밖에 차지 않는다.

당신의 몸속을 순환하는 물, 물탱크인 당신의 몸. 통속에 반쯤 담겨 세차게 출렁이는 물을 상상한다. 문득 그 담수 같은 희열을 환한 태양에 비춰보고 싶어진다.

뜨겁게 끓어오르는 물, 그 투명한 의지가 비등점에서 소용돌이친다. 수직으로 교차하는 빛의 섬광이 눈을 찌른다.

생존하는 것들은 배신당해가며 일상을 견딘다. 무엇 하나 새롭지 않은 일상은 이름을 부를 때마다 하나씩 사라져 간다.

누구나 앞을 향해 걸어간다. 고정된 듯 보이지만 스스로 자전을 한다. 빙글빙글 걸어가며 교환 가능한 순간을 찾는다.

동쪽에서 서쪽을 향해 가지만 간혹 태양은 서쪽에서 동쪽을 향해 밀어닥칠 때도 있다. 눈부신 그 빛이 한꺼번에 쏟아질 때도 있다.

수비의 계보

발 들인 적 없는 시간 속을
무수한 기억이 소용돌이친다

옛날에 살았던
시골집 풍경을 떠올릴 때면
발정 난 수캐가 암캐와 흘레붙던 광경이
잔상처럼 남아 있다
아이들이 던지는 돌멩이를 맞고도
묵묵히 견디며
혹은 반드시 그래야 한다는 듯
본능에 충실하던 그 개들의 처연함
웃는 것도 같고 화난 것도 같고
슬픔과 환희가 뒤섞인 것도 같던 표정이
뱀딸기 같은 붉은 눈빛과 함께
시간의 얼개 속을 걸어 나온다

정체 모를 습성
참을 수 없는 것을 참아낼 때 인내라고 하겠지
수비만을 위한 삶

수비만의 발길질
목적 없는 집요함
죽을 만큼 견디는 것
그건 가장 잘할 수 있는 일
그래 얼마든지 견뎌주마!

시간의 안을 들추면 겹겹이 가시가 돋아 있다
오늘도 그 가시 하나를 뽑아들고
습관처럼 다시 곧추선다

풍경의 구멍

텅 빈 연못가에
여자가 엉덩이를 까고
쭈그려 앉는다
쏴아 울리는 소리가 적막을 깬다
한줄기 피가
연꽃을 그리며
동심원으로 피어오른다

절집 종소리에
온갖 알들이 깨어나고
연못 가득 포말이 퍼져간다

마법의 그림 붓
보이지 않는 손길 빌려
연못의 캔버스 가득
투명한 혼돈을 그린다

종소리 맑은 하늘을 흔들고
돌 속에 들어앉은 새의 지저귐이

풍경에 구멍을 낸다

바람 속의 벌꿀이
시간 사이로
옆길을 만든다

세포 기억*

게발선인장
게발처럼 엮인 마디 끝에
진분홍 세포의 기억을 매달고 이식된 꿈
비가 오면 관절이 늘어나고
바람 불면 뼈 부러지는 소리
온몸으로 아우성친다
그 기억 너머로 벚나무가 자란다

여고시절 교정의 아름드리 벚나무들
일제 강점기 때는 신사 자리였고
6.25전쟁 때는 공동묘지였다던
동진강 기슭의 그 동산에서
사람의 피와 살을 먹고 자란 벚나무는
몽환처럼 꽃잎을 터트렸다
형태를 바꾼 연분홍색 환상은
종종 꿈의 소재가 되어
지문을 늘리고 나이테를 키우고
바람을 불러들여 소용돌이를 만들고
깊이 각인된 습성을 되살린다

가장 아름다운 순간
절정에서 낙화하는 벚꽃
꽃비가 내린다고 여겼는데
꽃잎의 눈물이라는 것을
뼈가 다 벌어져야 꽃망울이 터진다는 것을
꽃잎의 수기를 읽고서야 알았다

짊어지고 온 물을 어림짐작할 때쯤
겨우 자리 잡는 이식된 세포들
설정된 물의 부피
물을 좋아하는 꽃이지만
물의 양을 줄여야 꽃눈이 잘 맺히고
통풍이 잘되는 곳 햇빛이 잘 드는 곳에서
자리를 자주 이동하지 말라는
각인된 기억의 신원을 찾아 나서지만
종종 건잡을 수 없는 두려움에 빠지곤 한다
게발처럼 엮인 마디 끝에
진분홍 세포의 기억을 매달고 이식된 꿈

* 세포 기억 : 장기이식 수혜자들에게 기증자의 성격과 습성까지 전이되는 현상을 일컫는 용어이며, 셀룰러 메모리Cellular Memory라고도 한다.

피가 역류하는 집

밤이면 훌쩍훌쩍 소리죽여 우는 집
온몸에 슬픔이 가득 차서
누르기만 하면 물이 줄줄 새고
손만 잡아도 눈물을 쏟아내는 집
종종 몸부림치며 뼈가 꺾이는 소리를 내고
찔끔찔끔 소변을 지릴 때도 있다

비 오는 날이면 여기저기 진물이 흐르고
간혹 피가 역류해 역한 냄새를 풍기기도 하지만
그 세포 하나하나에 응어리 같은 무늬를 새겼다

연명한다는 건 치욕으로 무늬를 새겨나가는 것

교정의 최루탄 가스에 눈물 흘린 적은 있으나
한때는 그런대로 근사한 생이었지
사학 이사장이 살던 한옥
지금은 교수연구실로 바뀐 집

삭은 먼지들이 모여 갖가지 빛을 만들고

그 빛은 녹슨 빙벽을 만든다
날카로운 얼음의 뼈가 날개를 부러뜨리고
굽은 등으로 임종을 기다리고 있는 집

지금은 누구도 나를 비추지 마라
뒤집힌 글자만을 찾아 읽으며
언젠가 출구를 찾아
장엄하게 부서지리라

머지않아 사그라질 존재
그렇다고 다 늙지는 않아서
피가 돌고
고양이가 돌아와 새끼를 잉태하고
또다시 계절을 품는다

약간은 물기 남은 몸으로
마지막 열정을 불태우는 그 집은
눈물만이 유일한 기념비였다

만개한 벚꽃 아래 남근석은

새들의 울음소리가 하늘에 닿는 봄날 오후
대학캠퍼스의 박물관 정원
촘촘히 늘어선 석상 위로 벚꽃이 떨어져 내린다
음기가 센 땅이라 다수의 남근석을 옮겨놓았다던가
하긴 원래 여자대학이었으니

'한순간'이라는 빗장이 풀린 벚꽃은
절정을 향해 숨을 몰아쉰다

누군가의 것을 흉내 내어 만들었을
누군가의 쾌락의 도구였을
누군가의 정염의 징표였을
남근석들이 만개한 벚꽃 아래 환하다
일 년에 한 번뿐인 이 만끽을 위해

검자주색 꽃으로 뒤덮인 조릿대밭
평생에 단 한 번 꽃을 피우고서
동반 자살하듯 일제히 말라죽는 키 작은 조릿대꽃
백 년 만에 꽃이 핀다 하여 세기의 꽃이라고도 하지만

단 한 번 꽃을 피우고서 장렬하게 고사하는 키 큰 용설란꽃
조릿대꽃도 용설란꽃도 벚꽃도
대지를 향해 인사를 나누고
남근을 향해 손을 흔든다

이 봄날의 화려했던 꽃들이 다 사라지면
남근 돌비석만 남아
한참을 더 꽃잎의 진한 눈물을 받아 마실 것이다
수액으로 짠 주문을 외우며
가랑잎처럼 가벼운 고양이의 두개골들은
시간의 부재 대신 나뒹굴 것이다
먼지로 내려앉는 마른 꽃향기로 가슴을 채울 것이다

남근석 위로 하염없이 벚꽃이 떨어져 내린다

환상의 새

갈기갈기 찢기며 불타오른다

누구나 각자의 방식대로 사랑하고
봉인된 형태로 헐떡인다

환상의 새라는 이름의 새가 실제로 존재하다니!
환상의 새가 환상적인 춤을 춘다
세상에서 가장 화려한 춤을 춘다
오직 한 마리의 암컷을 유혹하기 위해
혼신을 다해
현란하게 춤을 춘다
온갖 종의 수컷들을 조롱이라도 하듯
한 발로 서서 온종일 가장 아름다운 춤을 춘다
뉴기니 섬에 사는 이 새는
신과도 통한다지만
오로지 사랑의 춤 하나로 온 생을 집약한다

오래오래 숙성되어 떠다니는
발신자도 수신자도 없는

해독 불가능한 유리병 편지
사랑의 귀환은 언제나 서로의 옆구리다
그 처음과 끝은 단 한 줄로 마감된다

암컷과 수컷들의 미궁은
온갖 꽃들의 눈물을 다 받아먹어도
그 눈물로 강을 만들어도
결코 풀리지 않는다

사막여우

벌레나 바람에 의지하지 않고도
자신만의 빛으로 얼마든지 꽃을 피울 수 있어요
스스로 발광하는 빛
자신의 의도와는 상관없이
자신만의 빛으로 구원을 받기도 하지만
가끔은 누군가 빛을 선사해 줄 때도 있지요

가까이에서 번개가 내리쳐요
귀를 찢는 굉음이 울리고
장대비가 쏟아지는 한낮
사위가 어둑해져 옵니다
모래 태풍이 사납게 몰아치는
오늘 같은 날이면
혈관 속을 흐르는 한 줄기 빛만으로
모래톱을 질주하고
흉흉한 균열을 건너뛰며
사막의 전설을 가슴에 품고
밤하늘의 은하처럼
모래바람 속을 흐릅니다

자체 발광하는 빛
스스로를 구원하는 그 빛에 의지해서

거세당한 날개들

낙타가 뚜벅뚜벅 모래 언덕을 넘는다
사막의 낙타는
순간과 순간을 건너뛰기 위해 쌍봉을 가졌다
아니다
그보다 먼저 양 날개를 가졌던 적이 있다
그 날개를 잃어버리고 대신 쌍봉을 얻었다
바람을 가르는 힘을 내주고 대신 물을 얻었다

내려앉은 속세
속세에는 온기도 있으니
통틀어 비난하는 건 옳지 않다

말꼬리로 만든 마두금 두 줄이 운다
말이 세차게 꼬리를 흔들며 운다
따라 우는 낙타의 울음소리가 무겁다

거세당한 날개
번개가 내려치면 반드시 호응하는 천둥소리
그 짧은 순간 날개들이 우수수 떨어져 내린다

허공이 새하얗다

사막에서는
바람이 세차게 불면 별빛도 바스러진다
그런 날이면 무조건 납작 엎드려 있어야 한다

거세당한 날개들이
소용돌이치며 하얗게 내려앉는다

부재증명

원래도 바다이고
지금도 바다인
내 안의 파도가 소용돌이친다

생각과 말을 하나로 묶어서
던진 꽃다발 사이로
거칠게 파문이 인다

떨어뜨린 불덩어리 하나가
먼바다를 표류하고 있다
바다가 불덩어리를 껴안는다

어디선가 끊긴 인연들
그 상실을 삭이기 위해
물은 끊임없이 출렁인다

나는 돌멩이 하나는 기억하지 못해도
그것을 품어준 대지는 안다
나는 호수 하나는 기억하지 못해도

그 위에 펼쳐진 하늘은 안다

당신은 내가 앉아 본 적 없는 나뭇가지
부재증명
멀리 타오르는 불덩어리 너머
한 번도 사용된 적 없는 언어들이 흘러간다

물아래 잠긴 수많은 꿈들
무수하게 떨어뜨린 뜨거운 불덩어리
그 부재증명 속에서
돌아갈 길을 찾고 있다

신은 우주의 정지궤도*에 갇혀 있다

연속 사진처럼 늘어선 하늘을 차근차근 개킨다
중심에서 한 줄이 벗어난다
뻥 뚫린 구멍이 남는다
하늘의 유체이탈

우주 발착지 같은 시설물에 온갖 생활터전이 지어졌다
식물도 심어놓았다
강도 만들고 배도 건조되었다
지구가 폭발하면 언제라도 버튼만 눌러 한순간에 날아
오를 수 있는 비행선

신은 우주의 정지궤도에 갇혀 있다
지상에서 그곳까지는 구만리 상공
인공위성과 나란히 옴짝달싹 못 하고 있다
신이 부재중인 지구

암호를 소각하는 굴뚝들
허리를 비비 꼬며 연기가 피어오른다
초록 사과 껍질 같은 대기권을 통과해

무수한 괄호 속을 빠져나간다
짠 눈물로 축축해진 하늘에
어정쩡하게 생을 마친 얼굴 하나가 떠 있다

쇠무릎풀 같은 야생초가 무성하고
빨간 칸나꽃이 흐드러져 보이는
그 오래된 창공에
한 조각 수수께끼 같은
착시의 달이 떠 있다

존재를 역행해서 날아가는 물체가 보인다

* 정지궤도 : 적도 상공 고도 구만리(=약 3만 5,786km)의 궤도를 말한다. 이 궤도에 인공위성을 띄우며, 정지靜止위성이라고도 한다. 자전주기가 지구와 같아서 항상 정지하고 있는 것처럼 보이기 때문이다. 이 인공위성은 통신과 텔레비전 중계 등에 사용된다.

포인세티아

포인세티아 빨간 이파리
그대 심장의 탁한 피톨
생을 무시한 탓도 아니다
자신을 사랑하지 않아서
쓸데없는 생까지 다 주워담아서
이파리인지 꽃인지
뒤섞여버린 붉디붉은 혀
허리 휘어지게 무수한 이파리 매달고
창틀에서 아슬아슬
무거운 짐 주렁주렁 어깨에 짊어진
복잡한 생을 보는 것 같아
얼른 심장을 내려놓아 주고 싶어진다

바람에 화려한 몸뚱이 맡기고 서 있는
그대를 응시하면
절체절명絕體絕命에는 오히려
절벽에서 툭, 등 떼밀어버리는 게
가장 큰 충고라고 말해주듯
붉은 이파리를 선혈처럼 툭툭 떨어뜨린다

잎을 꽃이라고
스스로 속고 서 있는 그대
속수무책으로 흔들리는 머리채
가는 허리 붙들고
다 헛것이라고, 헛것이었다고
그래야만 하듯이
웃자, 웃자 깔깔깔
바닥에 휙휙 내던지는 무수한 살점들

로터리는 돌고 돈다

시계탑이 서 있는 로터리 한가운데
먼 길을 숨 가쁘게 달려온 한 무리 말들이
건널목 신호등에 멈춰 서 있다
도쿄 한복판 다카다노바바高田馬場
막 달려온 말, 느긋한 말, 한숨 돌리는 말

로터리가 내다보이는 커피숍에서
사방으로 빠지는 로터리의 아침
로터리는 어디로든 향하는 퓨전식 길목

횡단보도 앞에서
다시 달려갈 차비를 하고
허겁지겁 말들은 바쁘다

말이 멀리서 달려와
여물을 먹고 물을 마시고
수말과 암말이 엉덩이를 맞추고
길 위에서 만나고 헤어진다
시야에서 문득 한 마리 말이 뒤처진다

그 말을 어렵사리 시선 안으로 밀어 넣는다
한 여자가 휴대전화를 귀에 대고
빨간불로 바뀐 횡단보도를 달려간다
팔짱을 낀 남녀
여자가 남자의 귓불에 대고 속삭인다
빳빳하게 일어서는 남자의 말갈기
밤사이의 비릿한 밤꽃 냄새가 날아온다
바람에 날리는 긴 머리칼을
여자는 허리를 비틀며 쓸어넘긴다
그 곁에 피곤함에 절어 있는 중년 남자

신호등은 다시 빨간불이다
로터리는 여전히 인파로 붐비고
도시는 하루의 빗장을 열기 시작한다

색깔로 재생된 이름

눈에 콕콕 박혀오는 신비한 연보라색의
개불알 같지 않은 개불알꽃
일본어로 이누후구리(개불알)꽃
역설의 그대 이름
백제 사람들 도래할 때 조각배에 묻어
쭉 그 이름인 채 전해왔을까
지나는 바람에 개불알꽃 물결이
저만큼 넘어졌다가 후다닥 일어선다
문득 어디선가 천 년을 건너온 듯
개 짖는 소리 와그르르 터지고
햇살을 찢으며 보랏빛 포말이 퍼져간다
오래전 생에서도 꼭 한번은 불러준 것 같은
낯익은 이름
낯익은 색깔
소재 불명의 그 개를 떠올려본다
사람은 색으로도 기억을 재생할 수 있다
냄새로도 장소를 기억할 수 있다.
살에 묻은 쾌감만으로도 소리를 알아차릴 수 있다
언젠가 와 본 것 같은 장소

언젠가 빠져들었던 색깔
기억을 만든 냄새
아프게 각인된 소리
그 보라색 살의 격렬한 흔들림은
뼈를 타고 내려와
지금 젖은 발이 떨리고 있다
고즈넉하게 가라앉은 나라奈良의
이름 모를 마을 옆을 지나다가
개불알꽃 전면에 펼쳐진 언덕에서
한 맑은 영혼에 마음 기대듯
한나절 몽롱하게 보라색 지평선을 바라보며
전생을 몇 바퀴 돌고 돌아 해를 꼴깍 넘겼다
고적하게 가라앉은 나라분지의 노을 속을
고대적 매뉴얼로 뎅그렁뎅그렁
호류지法隆寺 저녁 종소리 쏟아질 것 같다

어산*을 들으며

큰 강을 거슬러 오르는 한 무리 물고기
은어 떼일 수도 송사리 떼일 수도 있고
얄궂은 얼굴의 메기 떼일 수도 있는
등허리 바짝 세우고 물살 가르며 나아가고
그 무리 속 끄트머리 외떨어져 느릿느릿
헤엄쳐 가는 안간힘의 물고기 한 마리

낮은 산은 낮은 대로 높은 산은 높은 대로
깎아 낮출 수도 쌓아 높일 수도 없다면
넓은 강은 넓은 대로 좁은 강은 좁은 대로
흐르게 그냥 내버려둘 수밖에
혼자 헤엄쳐 오르게 놔둘 수밖에

모였다가 흩어지고
다시 무리 지어 모이는 물고기들의 흐름 같은
어산 가락이 하늘에 닿으면
강이 품은 생명 있는 것들이
양수의 강물 속을 한껏 힘차게도 힘겹게도
거슬러 오르고

범패소리
구천을 떠돌던 혼조차
제 갈 길 가게 인도해줄 것 같은
끊어질 듯 끊어질 듯 길게 늘어지는 가락

어제의 강물이 오늘의 강물과 섞여
또 다른 강물을 만들어내듯
끊임없이 강을 거슬러 오르는 물고기 무리
초혼곡처럼 맑고 부드럽고 슬프고 환희에 찬
어산의 범패소리

* 어산魚山 : 불교의 의식 음악인 범패[梵唄]의 일종. 절에서 주로 재를 올릴 때 부르는 노래이며, 가곡 · 판소리와 더불어 우리나라 3대 성악곡 중 하나.

심해어의 눈알이 반짝이는 수중도시

심해어의 눈알이 반짝이는 수중도시
빗속에 잠긴 도시의 불빛이
깊은 물 속을 헤엄치는 심해어의 눈빛 같다
빛을 뿜는 비늘처럼 빗방울이 파들거린다
심연을 알 수 없는 구덩이가 사방에 뚫려 있고
수목 우듬지를 올려다보면
깊은 바다의 수초 숲이 춤을 춘다
진화하지 않은 원시의 밀림
비익조가 날면서 낮게 내는 울음소리
뒤집힌 바다에서 물이 엎어진다
끝이 보이지 않는 장대비 속
위와 아래가 하나로 이어진 수중도시
난반사된 빛에 밀리어 하늘이 뛰어내린다
견고했던 것들은 한순간에 빛을 잃는다
빛이 사라진 방향을 가늠할 수 없어
허공에 손을 짚고
풀어진 불빛을 바라본다
거대한 심해어가 거푸거푸 헤엄을 치고 있다
아직 수중도시는 깊은 물 속에 잠겨 있다

3부

고향우물

물의 아이

원색을 하늘하늘 춤추게 하고
그림을 음악으로도 흐르게 하는
마티스*의 그림처럼
도쿄 북쪽 산속의 시마四万노천온천
작고 흰 벌레들이 꿈틀꿈틀 강물처럼
사선으로 날며 흐르고 있다
꼭 하루살이 같은 날것들은
바닥에도 닿지 못하고
허리춤 어딘가에서 사라져버린다
중간쯤에서 끊어지는 관계들을 폐기해나가듯
몸부림 속에서도 가볍다
목숨 할딱거리며
바닥에 내려앉아 보려 하는 측도 있지만
뜨거운 땅바닥의 거부로
발뒤꿈치를 땅에 내리지도 못한다
어디에도 자리 잡지 못하고 떠도는 너희들
양수 같은 온천물 속에 알몸으로 서서
가벼이 스러지는 것들을
손 벌려 조심조심 받는다

세상에 태어나지도 못하고 죽은 아이들을
'물의 아이水子'라고 했던가
그렇게 떠난 아이들은
밤하늘의 별로 빛난다고 믿었다
그러나 거기로도 들어가 박히지 못한
저 날것들은
허공을 맴돌다 맴돌다
잠시 들어앉았던 자궁 안이 너무도 그리워
다시는 들지 못할
따스한 물속을 향해
하염없이 떨어져 내린다
초겨울 온천지에 날리는 진눈깨비

* 앙리 마티스Henri Matisse : 프랑스의 화가. 원색을 바탕으로 단순·장식화한 화풍을 확립. 야수파(포비슴) 운동을 주도하여 일대 혁명을 일으켰으며, 피카소와 함께 20세기 최고의 화가.

고향우물

피를 모으느라 여자들은 몸이 들쑤신다
흙은 온몸으로 지하수를 돌게 하고
길을 내며 모여든 피의 열기로
늘 자궁은 뜨겁다
한 달에 한 번 물을 바꿔 넣으려고
여자들은 우물가로 모이고

집중되는 시선이 두려운
고향마을 천수답 한가운데
하늘 향해 뻥 뚫린
내 어릴 적 우물
여자들은 달구어진 몸이 뜨거워
물을 퍼내고 있다

누구나 하나쯤은 감추어둔 죄
속절없이 솟구치던 뜨거움
한여름에도 뼛속까지 차가운 물을
바가지로 푹푹 퍼서 끼얹던 고향우물

그 우물가로
전생에 죄진 생들이
스믈스믈 모여들고
실뱀으로 구렁이로 꽃뱀으로
매달리거나 물구나무 서 있다
생전에 열기 식힌 우물가
물기 있는 몸이라 어쩔 수도 없던
황홀한 죄 따라 돌아오고

문둥병 걸려 소록도 떠난 남편 자리
시동생으로 대신하다 태어난 아이
우물에 던져 넣은 여자
청상과부로
젊어서 혼자된 시아버지
물기 적신 여자, 여자들

내 기억의 우물가에는
꿈에서조차 소문이 범람하고 있다

옹관

옹관 속에
잘 다듬은 여자아이를
한 포기씩 꾹꾹 눌러 담는다
소금에 절인 세포가 가끔
우두둑우두둑 소리를 낸다

통통하고 싱싱한
옹관 속의 여자아이는
지금 눈을 감고 처녀생식 중이다
생채기를 덮어가는 시큼한 잠의 입문
새로운 자궁문* 앞에 섰다면
어서 문이 닫히기를 기다려야지

부디 그 문에 들지 마!

여자아이를 옹관 속에서 조심조심 꺼내
물을 넉넉하게 잡아
빛을 한 주먹씩 뿌려 넣고
소멸과 나란히 눕힌다

시큼하게 익어갈 여자아이

뼈에 바람도 스며들어
비릿하게 숙성해갈 것이다
달콤하게 삭혀질 것이다

한밤중 여자아이가 옹관 속에서
우두둑우두둑 관절 늘리는 소리를 낸다
툭툭 살 터지는 소리를 낸다

* 자궁문 : 『티벳 사자死者의 서書』둘째 권 제2부 '환생의 과정'에 나오는 자궁문을 말함.

약간의 거짓을 잉태한 혹성

약간의 사실에 큰 거짓을 섞어
사실인 것처럼 속이는 자를 악마라고 했던가

처음 태어난 언어는 민들레 솜털보다 가볍다
죽어 묻힌 언어는 바람길을 따라 부활을 기다린다
실종된 언어는 투신한 지 오래다

탐문하듯 봄은 왔지만 무늬만 봄이다
한여름처럼 태양이 이글거리는 한낮
흐드러진 장미꽃은 죽음의 냄새를 잉태한 채
계절의 거짓 맥을 짚고 있다

혹성의 심장부를 발굴하면
윤간을 거듭하며 해협을 돌아온
광폭한 피가 소용돌이친다
혹성의 자궁
초음파사진 따위는 필요 없다
태아라고 이름 붙여진
덩어리와 물의 경계선을

어류에서 양생류 파충류를 거쳐 포유류로
진화해온 그 각인을
그 유전자의 거짓 포장을

오늘 또 혹성의 어딘가에서 포화가 터졌다
혹성의 쿵쾅거리는 심장 소리가 들린다

오늘 만들어진 태아는 그 소리를 기억하고 있다

모계 유전

오늘 1,100광년 초신성이 폭발했습니다

당신은 분명 풍경이나 사물을 보았다고 기억하겠지요
어느 날 문득 머릿속이 백지장처럼 하얘질 때가 있지 않나요
진화 끝에 도착한 종착지에서
남은 열로 빛나는 백색왜성이거나
항성진화의 마지막 단계에서 폭발하여
한순간 눈부시게 빛났다가
그 잔해물로 몇백 년을 희미하게 견디며
밤하늘에 소실점으로 찍힌 초신성처럼
한계점에 도달해 목숨만 겨우 붙어 있는
기생생물의 투시도 같은
희미한 모계 유전의 기억
모계로만 타고 내려온 습성

어머니인 지구도 가끔은 화가 나서
대지진을 일으키고 땅을 가르고
바닷물을 날뛰게 하여

제 품에서 키운 새끼들을 혼내주는 건 아닐까요

태아는 뱃속에서 양수의 냄새를 맡고 살았지만
세상 문을 열고 나오는 순간
그 방의 기억을 망각합니다
우리는 모두 회귀본능을 가졌지만
다시는 돌아가지 못하는 장소도 있습니다

오늘 1,100광년 초신성이 폭발했습니다

구멍

구멍을 보았다
당당하게 알몸을 드러낸 그 구멍을

어제가 오늘을 모자이크한 거대한 구멍을
반복을 거듭해온 블랙홀을

일본 사가현 다케오 신사*에는
수령 3천 년 된 거대한 녹나무가 있다
몸통 아래에 벼락을 맞아
여성 성기를 닮은
그 구멍에는
천신에게 제사 지내는 사당도 들어 있다

상징성은 단순하게 편집되어야만
비로소 눈에 들어온다
석가보다도 예수보다도 더 오래 산 나무
제 품을 내어주어 수많은 생명을 깃들였을
그 나무에서 문득
아이를 점지해 주었다는

옛날 옛적의 신령스런 삼신할머니가 겹쳐 보였다

아주 오래전에 여성이라는 임기를 마치고
성욕은 전설이 되어버린
화석 같은 여자
남성과 여성
여성과 모성
동성애자와 이성애자
그 모두가 하나인
그 나무가
하늘과 땅을 하나로 이어주고 있다

오늘 새로 생겨난 블랙홀
그 혼돈의
구멍에서 구멍으로 이어지는 우주

* 사가현佐賀県 다케오 신사武雄神社 : 서기 735년에 창건한 이 신사에는 둘레 26m, 높이 27m의 거대한 녹나무가 있다.

아이들의 궁전

그녀의 배꼽 아래
아이들의 궁전에는
크고 작은 덩어리들이 언젠가부터 빼곡히 들어 차
태아 대신 세포분열을 계속해서
이젠 여러 방으로 나뉘어
아이들이 몇 명은 살 수 있게 되었다
떼어 내 버리세요
병원에 갈 때마다 권유를 받지만
적지 않은 무게를 견디며
커다란 궁전을 달고 다닌다
그리고 가끔 즐거운 상상을 한다
꽃이 만발한 아이들의 궁전
제비꽃이나 원추리 같은 들꽃도 피어나고
후투티 새가 철 되면 남쪽 창에서 북쪽 창으로 옮겨 앉고
목단이나 살구꽃 향에 싸인 방
그곳엔 이 세상에 태어나지 못하고
하늘의 별이 된 아이들이
가끔씩 찾아올 것만 같아
그리우면 언제든 찾아갈 고향이 거기 있듯

피가 도는 아늑한 궁전을 남겨 두어
들어와 살지 못하고 떠난 아이들을 위해
그 방의 구들을 따뜻하게 데워놓아야 할 것만 같아
그렇게 생각하면
그녀는 문득 가슴 뭉클해지고
생이 거룩해진다

붉은 문을 통과해온 푸른 귀

검붉은 녹이 쇠락을 갉아먹는 소리
피톨에서 타닥타닥 푸른빛의 입자가 오그라들고
발자국에 찍혀 째깍거리는 맥박소리
먼지 속에 천둥, 번개, 폭풍, 회오리바람이 뒤섞이고
오래된 기억 속을 가로지르며
흰 눈이 망막 속을 휘몰아친다

누렇게 변색한 모조지가 바람에 휙 뒤집히듯
얼비치는 장면
중학교에 들어간 그해 겨울
배들평야 벌판을 가로질러
십리 길을 걸어 함께 학교에 다니던
옆 동네 여고생 선배는
금계랍* 정제를 입안 가득 털어 넣었다
호흡을 버린다는 의미조차 알지 못한 채
가지고 태어난 들숨 날숨을 한꺼번에 다 써버리고
막 빠져나온 제 거푸집에 놀라
가야 할 길 미처 나서지도 못한 채
제 걷던 길만을 밤새 돌아다녔을

그 부산한 길 따라
휘몰아치던 눈보라
발걸음 소리인지 바람 소리인지
이명에 그해 겨울 오래 잠들지 못했다

눈이 녹자 돌아간 부재가 흙에 풀리고
콸콸 흐르는 물소리에도 섞이고
들판의 푸릇푸릇한 새싹에도 스며들 때쯤
귓속을 울리던 소리도 차츰 무디어졌다

산도를 빠져나올 때는 누구나 들었을
지구의 공전과 자전 소리
그 엄청난 소리에 놀라
갓 태어난 갓난아기는 악을 쓰며 첫울음을 운다

* 금계랍金鷄蠟 : 독일에서 생산한 말라리아 치료제. 키니네quinine에서 음차한 이름이며 쓴 약의 대명사였다. 한때는 만병통치약처럼 쓰이기도 했지만 치사량을 먹으면 죽음에 이르렀다.

내 꽃은 영원히 시들지 않아

내 몸은 용광로
들끓고 있는 불덩어리
하루에 한 번씩 블랙홀을 향해
곤두박질치는 행성
한 달에 한 번씩 달은 차오르고
뜨거운 꽃이 피어난다

내 몸은 화학공장
끓어오르고
부글거리는 파동 속에
쏟아져 나온 에너지가 강을 이룬다

내 몸은 제철공장
두들겨 맞으면 맞을수록
더 큰 바람을 만들고
더 큰 불꽃을 일으킨다

쉼 없이 소용돌이치는
내 꽃은 영원히 시들지 않아

가시

큰 기쁨의 가속도에
할당받은 큰 슬픔

가슴 깊이 박힌 가시 하나
그것은 생의 유품
작은 항아리 하나
가득 채우지 못한
흰 뼛조각과 가루에도
그것은 녹아 있고

가슴에 박힌 생의 유품
아픈 가시
바람이 데려가겠지
망각이 데려가겠지

빛과 어둠

빛은 어둠을 더욱 짙게 한다

갈망과 초조함을 토양 삼아
더욱 무성해지는 어둠

어둠을 갉아먹는 빛의 단층
그것의 무의미를 찾아
언제라도 떠나겠지만
어둠 속에 은하가 흐르듯
빛은 적막으로 가장하는 것이다

달빛이 바다로 떨어져
은하는 흘러내리고
별빛은 해안선을 헝클어 놓는다

어두운 구름이 등대 그림자를 덮어가면
빛은 바닷속에서 허우적거린다

새벽녘 솔밭 숲을 흔드는 바람 소리

바닷가 방풍림에 갇혀 있던 어둠이
바다를 향해 새어 나가고
하늘 끝에서 빛이 넘치기 시작한다

불온한 색

빛을 등지고
고요하고 날카롭게 배치되어 있다.
금색과 은색
밖으로 펼쳐진 금색과 안으로 응고된 은색
그 위에 또 다른 잔상이 부풀어 올라
방위가 뚜렷하지 않은 그림자
금색과 은색의
해와 달
낮과 밤
양과 음의 골짜기

은박을 달빛에 비추어보면
절대성의 색채가
제 그림자를 야금야금 갉아먹는다
움켜쥐고 나온
무수한 손을 버리고
아스라해 보이는 건너편 강가
또 다른 등에 불이 켜진다

숨죽인 빛으로 가득한 거대한 화폭
해질 무렵의 지평선
썰물의 바다
일몰을 향해 스러져가는 거대한 광원

잔상

지구의 수명은 지금 46억 년쯤 남았다. 계속 줄어드는 지구 자장의 세기를 계산해도 인간처럼 쭉 늙어가는 중이다. 태양의 수축현상에 따라 지름이나 빛의 속도도 줄어들어 가고 이제 1만 년을 넘기기 어렵다고도 한다. 지구의 나이를 약 50억 년으로 반올림해서 100살이라고 가정할 때, 15년 전쯤 바위가 생겼고 공룡의 세상은 3년 전, 직립보행의 인간은 3주 전에 태어났고 빙하기는 2시간 전, 그리고 인간의 평균수명은 1분

그 1분 동안
당신과 나는 무엇을 할까

그 1분이 온전하게 다시 주어진다 해도
뇌 주름에 새겨진 습성 그대로
잔상에 남은 관성의 법칙 그대로
살아갈 것이다 당신도 나도

탈바꿈한 애벌레가 나방이 되고
하루를 다 산 하루살이는 지금 막 하루를 건너간다

태양 빛도 어제의 것은 아니다

욕망을 정열이라고 여긴 적이 있었다
습성의 인자들이 혈액의 강을 헤엄치고 있다
그 속에서 1분이 똑딱거린다

사람에게 변하지 않는 것은 목소리만은 아니다

준동蠢動

밤이 느슨해지고
살아 있는 것들의
목소리가 울리기 시작한다
풀벌레조차도
미심쩍은 초승달 아래
꿈틀꿈틀 준동을 시작한다

뭔가를 시작한다
모두에게 물어봐도
다들 본인의 목적밖에는 알지 못한다

아직 어스름한 여명이지만
작은 동물들의 묘지인
작은 정원이 움직이기 시작한다
어제를 산 하루살이의 시체가
오늘 살아 있는 것들의
발길을 이끈다

잠에서 깨어날 시간이다

대지의 의지는
다른 한때를 기다리며
아직 잠들어 있지만
이제 오늘을 하늘에 등록할 시간이다

* 준동蠢動 : 원래는 벌레 따위가 꿈적거린다는 뜻이며, 불순한 세력이나 보잘것없는 무리가 법석을 부린다는 뜻으로도 쓰인다.

마지막 빙하기

마지막 빙하기가 끝나자 땅 위로 올라왔다. 북쪽으로 도망치는 바람이 냉기 먹은 공기를 몰아갔다. 더는 부장품을 갖지 않기로 했다. 생육 환경을 한없이 가볍게 만들기 위해서는 필수불가결이다.

양지바른 물가에 모여 토양의 비옥도와는 관계없이 쑥쑥 잘 자랐다. 태양 빛을 우러르며 직립했다. 직모는 차츰 구불거리는 머리카락으로 바뀌었고 얼굴은 노란색 민들레꽃처럼 화사하고 부드러워졌다. 갓털이 검은색 종자를 잘 보호해 주었다. 번식과 관리법은 쉬웠다.

종자가 익어 터지기 전에 씨를 날리면 그만이었다.

숨이 목까지 차오르면 저절로 터지기도 했다.

젊어지고 나온 물을 탕진해 버리면 머리칼은 하얗게 새었다. 한없이 가벼워진 몸이 퐁퐁 하늘로 퍼져 오래오래 날았다. 착지할 곳을 찾았으나 헤매는 날이 더 많았다. 뒤로 다시는 돌아가지 못할 일방통행의 항로에서 여정을 누락하고 기억을 해체당했다.

때로는 머리 위로 어두운 구름이 뒤덮었다. 구멍 난 하늘에서는 엄청난 폭우가 쏟아지기도 했다. 그럴 때면 그저 쓸려 내려갔고 또 어딘가에 안착하기도 했다.

악의처럼 코뿔소 무리가 사납게 달려가면 그 무리 속 한 마리가 되어 내달리기도 했다. 헐떡이며 한 잎 나뭇잎이 되어 사방으로 나뒹굴기도 했다.

공백 같은 커다란 균열이 혀를 내밀었다.

체액의 순환.

몸 밖으로 배출된 체액을 쉽게 사랑이라고 믿었다.

몸에서 쏟아져 나온 배설물을.

눈물로 강을 이루며 흘러온 피의 연대를.

지금도 소리 없이 그 강물이 흘러간다.

4 부

코페르니쿠스의 별

야생마 보호구역

몽골 후스테인누르의 야생마 보호구역에는 야생마들이 온종일 먼 하늘을 응시하고 있다. 전설을 품고 선사시대 동굴 벽화에서 막 튀어나온 듯하다. 살아 있는 화석. 큰 몸집, 검고 윤기 나는 털, 유난히 긴 다리, 남의 손길을 죽을 만큼 싫어하는 그들, 살아 있는 화석의 이름은 타키, 일명 프로체발스키는 보호받기를 완강히 거부하며 모래 둔덕을 넘어오는 모래바람을 온몸으로 맞고 서서 사막의 거센 바람 소리에 가만히 귀 기울이고 있다.

제발 누구도 내 삶에 끼어들지 마! 원시의 푸른 하늘이 가득 들어찬 눈동자가 그걸 말해주는 것 같다. 사람 손을 타면 그 낯선 냄새가 견딜 수 없어, 타계他界와의 접선에 몸서리치며 핏덩어리 제 새끼조차 물어 죽이고 마는 몽골의 야생마는 수만 년을 건너온 유전자 속에 자유! 오로지 그 자유의 인자만이 새겨져 있다.

아무리 좋아해도 결코 먼저 다가가지 않는 이 야생마는 발밑을 간질이는 초원의 야생화나 종종 놀러 오는 사

막의 늑대들과도 침묵의 교분을 맺으며 별빛 쏟아지는 밤이면 몽환의 꿈을 꾼다

눈 가득 하늘을 담고 있어 보통은 꿈을 꾸고 있는 듯 보이지만 모래바람이 매몰차게 온몸을 때리면 꼼짝하지 않는 고행으로 마음을 단련시키고 가슴에는 불길을 꾹꾹 눌러 담는다.

회암사 옛 절터

회암사檜岩寺 무너진 옛 절터에 오르면
고려시대 거기서 살았던
몇천 명 스님들의 흔적이
목욕통만큼 큰
쌀 씻는 물확 속에 엎드려 있고
깨진 사금파리에도 묻어 있다
숫맷돌 암맷돌
그것들 잡풀 속에 잠들어
이름 없어 편안한
온갖 전생들과 함께 나뒹굴고 있다
허물어진 돌담을 기어오르는
빨갛게 물든 담쟁이
햇살이 직각으로 내리꽂힌 엽맥 속을
새들 울음소리 영원을 투과해간다
투명한 무늬가 새겨지고
씨줄과 날줄을 엮어가는
늦가을 옛 절터의
다채색 시간의 실타래들
앞 들녘 지난여름의 열기도

서서히 빛을 거두고
햇살이 잠시 쉬었다 가는
회암사 옛 절터

와사비* 또는 고추냉이

태평양이 펼쳐진 와사비 산지 이즈반도*에서
생선초밥으로 처음 접한 그 맛
복사 당한 생
그 톡 쏘는 연초록 뿌리를
생것으로 먹고
후지산이 바다 가까이 내려와 있던 날
강렬하게 중독당해
혀에 박힌
그 집요하고 날랜 맛

후지산 꼭대기에 걸린 흰 구름을 배경으로
짜릿하게 특화된 세포들
한 번뿐인 이생에서
다양한 문을 찾아가는
길을 안내해 주었지
여러 개의 생을 살아가는
밑그림을 그려 주었지

추리작가 애인을 옆집에 두고

비밀통로를 통해
평생을 드나들었다던
일본의 여성 추리작가가 가진 두 개의 화폭
그 재활용된 생처럼
톡 쏘는 생의 이벤트
한번 들어가면 다시는 돌아 나올 수 없는
일방통행의 길에서
또 다른 자신과 동행하는
고추냉이 또는 와사비

* 와사비 : 일본 이름 와사비의 한국 이름은 고추냉이이다.

* 이즈伊豆반도 : 일본 시즈오카 현靜岡縣 동부에 있는 반도. 일본 5대 온천지역 중 하나이며, 후지산富士山과 인접해 있다.

잠수교와 참치

잠수교 건너가다 눈 펄펄 날리는 다리 위로
막 거슬러 오르는 참치 한 마리
눈발 속에 섞여
언뜻 나타났다 사라진 걸 본 것 같다

쉼 없이 헤엄쳐가야 하는 숙명
달리다 멈추면 산소를 들이켜지 못해
끝나버리는 생

등 뒤로 지느러미 미끈하게 세우고 비상하는 몸짓
현해탄 험한 파도를 헤엄쳐온 듯
활기차 보이는 그 배경 뒤로
눈발 속 잠수교는 내리막길을 감추었다
미끄러울 때는 이런 길이 가장 위험하다던데
오르막길에 가속도가 붙은 채 달려 내려가 버리니까
초보운전 중인 내게 말하던
시인은 그 해가 가기 전 산소를 마시지 못하고
가던 길을 멈추었다

습관처럼 꼬리 살살 흔들며
가끔은 운명이란 운전하는 것이라며
외쳐대 보기도 하지만
속편이 없어
속절없는 우리의 생
나의 생

뜨거운 지느러미
어디로든 헤엄쳐가야 하는 날
가슴 속 깊이 불덩이 하나 묻어두고
뼛속까지 다 타지 않게
한없이 달려가야 하는
당신의 생, 나의 생

코페르니쿠스*의 별

별이 알고 싶어
귀족들에게 별점을 쳐주며 빵을 벌었다
더 좋은 망원경을 사기 위해
또 다른 별을 훔쳐보기 위해
가끔은 하늘과 타협도 했다

버린 시간만큼
사랑하는 별들은 점점 늘어나
한없이 펼쳐진 밤하늘을 올려다보면
치자꽃 향기처럼 어지러이
별들은 가슴으로 쏟아져 내렸다
저번에는 저 별과
이번에는 이 별과
돌고 돌아
사천이백 년 만에 다시 찾아오는 혜성
그와도 사랑을

어긋난 만남
다 늦게 돌아온다 해도

먼 길에 절룩이며 다가오는 그대
뜨거운 손 내밀어 잡아주리

홀로 먼지 되어
나락으로 추락하는 좀생이별
아무도 기억해 주지 않을
마지막 동행에도
잠시 외투 깃 세워주리

후두둑 후두둑 쏟아져 내려
아름다운 최후를 꿈꾸는 유성우와도
뜨겁게 가슴 맞대주리

높이 더 높이 천공을 올려다보며
눈 마주친 별들의
또 다른 거처를 향해
오늘도 별점을 친다

* 코페르니쿠스(Nicholaus Copernicus, 1473-1543) : 폴란드의 천문학자. 천동설을 부정하고 지동설을 주장했다. 이러한 우주관 · 세계관의 대변혁을 '코페르니쿠스 혁명'이라 일컬어진다.

유언

신라왕들 묻혀 있는 고분군
외무덤 쌍무덤
왕이 죽을 때 함께 묻히겠다
유언 받은 짝만 쌍무덤

외무덤이 월등히 많은 걸 보면
떠나서까지 폐 끼치고 싶지 않았을까
먼 길 떠나면서 혼자서 홀가분해지고 싶었을까
죽음이 두서없어 전달 못 하고 떠났을까
자신의 괄호 속에 함께 묶이고 싶지 않았을까

홀로 떠나
사랑하는 사람 지나는 길목에서
넓은 품 드리운
한 그루 등나무 되어
편히 기댈 등이라도 만들어주고 싶었을까

서로를 다 알기엔
한 생으로 너무 짧아

포기를 깨닫기 위해
생채기를 만들며
생에서 생을 건너가는 터널
참고 기다려야 하는 사람들의 한낮

긴 인연 짧은 인연
머리 맞대고 누운
고분군의 외무덤과 쌍무덤
햇볕 쏟아지는 한낮 여우비 뿌린다

인말셋*

안개에 휩싸여
옆으로 걷지도 못하고 뒤로 돌아갈 수도 없는
그저 앞으로만 향해 있는 항로
새벽마다 눈뜨면 다시 난독을 시작하고
풍향계 잃은 배는
가벼운 바람에도 위태로이
망망대해에서
수없이 길을 잃고
구조 요청한
텔렉스로 친 'SOS'
전화로 건 'Mayday'
조난신호들은 접속코드를 찾지 못해
배는 자주 표류하지만
구만리 먼 길을 찾아와 줄까
구조의 손길을 내밀어 줄까
가물가물 바래가는 일상에서
늘 미래의 나에게 보내는 구조요청

* 인말셋(IMMARSAT) : 국제해상위성기구. 지구에서 구만리(3만6천km)에 떠 있는 통신위성을 말하며, 전 세계에 제공하는 공중위성 이동통신 및 조난통신 서비스. 'SOS'와 'Mayday' 등은 조난신호.

공유

앞으로의 세상은 네 것 내 것 구별이 없을걸. 외길뿐인 생은 지루하기 짝이 없어 서로가 서로에게 공유당하길 바라며 만용처럼 펼쳐놓을걸. 지금의 시계는 엄청나게 빨리 돌아가서 순환도 덩달아 빠르다는 것. 패러다임도 당연히 빨라지지. 세상은 앞면과 뒷면을 달리하는 동전과 같아서 단 한 번이란 꼭 끼는 불편한 신발을 신고 달리는 마라토너의 장거리 경주 같은 것. 공유란 거울 뒷면에 숨겨진 등불을 앞에 내달아 서로의 얼굴을 훤히 비춰주는 것. 자유로이 남의 동굴을 드나드는 것. 귀한 손님이 찾아오면 부인을 선물로 내놓았다는 에스키모인들은 공유의 의미를 옛적부터 알았던 걸까. 나누는 건 음식만이 아니라는 걸. 아무리 꼭꼭 감춰두어도 결국 내 것이 아니라는 걸. 끌어안고 살던 것 다 내려놓아야 한다는 걸. 늘 제풀에 꺾이게 만드는 건 오래된 테이프처럼 벅벅대며 감겨가는 시간이라는 녹물, 누구에게나 공평하게 쉬어주는 날들. 공유란 고스란히 풀리게 놔두는 것. 나도 너에게 너도 나에게 흐르는 것.

입술 푸른 비둘기

입술 푸른 비둘기
청계천 고가도로 위
부스러진 난간에 발 걸치고
아주 잠시 거만하게 세상을 내려다본다
이리 부딪치고 저리 부딪치며
서울 한복판에서 몸 부비고 살다 보면
누구나 다 할 줄 안다는 듯
아찔한 곡예를 펼친다

도시의 뒷골목에서 숨죽이고 있다가
회색 빌딩 숲을 돌며
거친 비행을 마다치 않을 때도 있지만
묵직한 풍문이 거칠게 몰아칠 때면
숨죽이고 납작 엎드려 있기도 한다
남의 불행을 행복 삼아 잘 버텼다

변혁을 휘장처럼 두른 거대도시에서
세상에서 스러진 이름들로 연명하며
이젠 제법 배짱도 두둑해졌다

입술 푸른 비둘기
복개천을 흐르는 검은 강물처럼
종종 겁 없이 눈알 번뜩이며
훈장 같은 발가락에 온 힘을 모아
회색빛 하늘로 힘껏 날아오른다

지리산

밤새 비가 쏟아졌다

육이오 난리 때 처박힌 젊은 혼들
다 불러내어
주룩주룩 잘 씻겨주고 잘 먹여주며
술잔 기울이는
알몸 실루엣의 산자락이
가슴을 활짝 연다
물안개가 온몸을 휘감고
젖은 밤이 화들짝 깨어난다
아릿아릿한 관음의 세포
밤 내내 잠들지 못한 산이
부르르 몸을 떤다

봄날 아침
밤새 불은 젖을 먹이려
계류는 이리저리 새 길을 내며 내달리고
고개 내민 파릇파릇한 새싹들의
물 들이켜는 소리

피 도는 소리

살을 먹고 살을 만들고
젖을 먹고 젖을 불리는
지리산의 모계들

나무 우듬지 사이로
햇살도 콸콸 쏟아지고 있다

공동묘지의 땅문서

수은등이 비치는 거리를 지나
그곳에 당도했을 때
안개가 자욱한 풀밭에서
그들은 파티 중이었다
검은 연미복을 입고
묵음 수행을 하듯 팬터마임을 하듯
천천히 입을 움직였다
영화 '화성공화국'의 정교한 로봇인간처럼

흐릿한 조명 아래
낯익은 얼굴도 언뜻언뜻 보였다
정지화면처럼 느릿느릿한 동작으로
먹고 마시고 춤추는 그들

땅문서를 들고
좁은 공동묘지 비석 사잇길을 헤집는다
백합꽃 한 떨기 피어있는
겨우겨우 찾아낸 그곳
종이쪽지에 적힌 번지를 발견하고

소스라치게 놀라 뒷걸음질 친다
비석 한 귀퉁이 희미하게 쓰여 있는 묘비명
'거봐. 결국 그렇게 끝났잖아!'

고래고래 소리를 지른다
누구 한사람 돌아보지 않고
여전히 무표정한 회색 그림자들
영원히 그 자리에 붙어 있을 그림

큰길을 향해 죽을힘을 다해 달린다
겨우 그곳을 빠져나와
막 출발하려는 버스에 아슬아슬 올라
뒤를 돌아보니
아직도 파티는 이어지고 있다
아아, 꿈이 나를 살렸다

들판의 노을

지평선 너머로 지는
꼭두서니 빛 노을은
서서히 번지는 땡감물처럼
발끝으로 스며드네
온 세상이 낮도 밤도 아닌 어스름녘
세상의 변혁도 구원도 죄다 남의 어깨너머로
내다보았듯이
텅 빈 들판에서
나는 그림자 하나 만들지 못했네
멀리 깜박깜박 불빛 한둘이
웅크린 짐승처럼
눈을 반짝이고 있어
그나마 피가 도는 세상이라고 믿네

아직은 눈을 감고 있어야 하네
땅속 깊이 숨 쉬는
뜨거운 열기가
대지를 향해 솟아오를 날을 기다리며
일상은 청동색으로 흘러가고

무게를 이기고
고개 들어 노을을 보면
역설처럼 모두가 한주먹 깃털처럼 가벼워지네

문득
숨을 고르며 내려가던 노을이
요염하게 타오르며
얼굴 붉히는 순간
그 배면에 얼비치는
파르르한 빛이
시선을 붙잡으며 훅 달려드네

가늠할 수 없는 아득함
유년의 배들평야 만석보* 뚝 길에서 바라보던
현기증 일던 노을
그 황홀함에 갇힌 채 나는 지금껏
길을 잃고 서 있네

* 만석보萬石洑 : 1892년 고부군수 조병갑이 농민들을 강제로 동원하여 만석보를 만들고 과도한 물세를 징수하여 배들평야에서 농사짓던 농민들을 수탈하였다. 이로 인한 농민들의 분노는 봉기로 이어졌고 동학농민혁명의 발단이 되었다. 필자의 고향인 전라북도 정읍시 이평면 소재.

76인의 포로들

한국전쟁이 끝나 삼팔선에 말뚝이 박히고
남한도 북한도 아닌 제3국을 택해
뿔뿔이 흩어져간
그대들
머릿속에서 한반도라는 지도조차
지워버리려
더욱 낯설고 더욱 먼 나라를 택해
마지막 조국 땅을 바라보던 시선
솜털이 반짝이는 홍안
배 위에 오르던 마른 어깨는
떨리고 있었을까
흑백사진 속 한 사람은 갑판에 오르며
눈 부릅뜨고 이쪽을 노려보고 있다

이 나라 저 나라 민들레 꽃씨처럼 흩어져
뿌리는 내렸지만
지금껏 그대들의 전쟁은 끝나지 않아
현재진형형의 정지된 스크린 속에서
아직도 총알이 날고

피를 흘리며 골짜기를 누빈다

배고프지 않아도 먹고
목마르지 않아도 마시고
이념은 인스턴트보다 가벼워진 지금
사진 속 그대들은
퀭한 눈으로 이 세상 어딘가를 꿰뚫고 있다

남과 북 그리고 제3국
셋으로 갈 길을 나눠
타국의 병사들은 간단히 줄을 세웠다

그날 떠나는 뱃길에서 그대들은
고향집 뒤울안
누이의 손톱 붉게 물들이던
봉숭아 꽃잎을 따버리듯
붉은 태양을 한 개씩 뜯어
바다에 버렸다

강가에서

빗줄기에 강물이 씻겨가는 저물녘
어둠이 내려앉는 한강 둔치에서
강물을 응시하면
강 건너 불빛만으로도 충분히
어깨 부딪치며 흘러가는
물들의 상처
입술 터져 번지는 붉은 피가 보이네
낮게 소리죽여 흐느끼는 울음소리 들리네
이별의 눈물이 강물 가득 흘러내리네

어디선가 갈라져 이리저리 뒤섞이다
다시 만난 이 길에서
흘러가면 영영 못 볼 짧은 인연들
그나마 더 늦지 않아 얼마나 다행인가

스무 살이 되기도 전
한꺼번에 다 늙어버리고
나이테에 생채기를 만들며
범람하는 물살에

울컥울컥 토해놓은 상실을 덧칠해가네

어둠이 내려앉는 강가에서
가뭇없이 달아나는 강물에
잠시 정신 흘려보냈네

웃는 꽃

저 글자 무슨 뜻?
글자가 꼭 웃고 있는 모양이네
일본인 친구가 불쑥 묻는다
그 자리에 '꽃' 자가 있다

웃고 있는 꽃 자
꽃집 유리문 밖으로 웃음을 던지며
시선을 잡아끄는 꽃 무더기
무명씨의 꽃들
꽃처럼 꽃이라는 글자가 활짝 웃고 있다

웃는 꽃
꽃 이파리 행간마다
꺾인 자존심을 꼬깃꼬깃 구겨 넣어
얼굴에는 웃음만이 남아
웃음으로 가득 차 있다

웃는 꽃은 슬픈 꽃!

여행 중인 승합차 안에서 바라본
아주 짧은 한순간
꽃을 위한 꽃 자
꽃 자를 위한 꽃의 웃음

꽃이란 이름으로 화려하게 치장하고
웃음을 달고 살아야 하는
꽃의 생리
그 얼굴에 맞춰진
꽃이라는 이름

■ 해설

생生, 존재, 사랑 그리고 꿈

— 한성례의 시 세계

권　온(문학평론가)

1.

한성례를 발음한다는 것은 번역가와 시인을 동시에 떠올리는 일과 다른 말이 아니다. 한국과 일본의 독보적인 존재인 그녀는, 일본이라는 렌즈로 오랫동안 문학과 시를 이해하고 해석하고 탐구해왔다. 외국의 시와 문학을 심도 있게 공부하고 '잘 빚어진 항아리'를 우리 문단에 소개하는 역할을 담당한 한성례는 한국어와 일본어로 여러 권의 시집을 간행한 바 있다. 이제 그녀가 새로운 시집을 내 놓을 시간이 되었다. 우리는 이번 시집에 수록된 시편 중에서 「산정호수」「하얀 나비 한 마리」「가진 것」「수비의 계보」「고향우물」「야생마 보호구역」「잠수교와 참치」「웃는 꽃」 등에 각별한 눈길을 주기로 하겠다.

2.

아직은 죽지 않았다
상처에서 타고 있는 불꽃을 남들이 볼까 두렵기도 하지만
도시에서는 더 많은 사람들이 죽어 나가
이제 죽음마저도 견딜만하다
산을 뚫고 바위를 깎아 길이 단축되었듯이
말은 그만큼 단순해지고 예리해졌다
쌓인 추억과 꿈을 더하면 생은 그리 짧지도 않다
가장 아름다운 말을 촉각만으로 읽을 줄도 알게 되었다

하늘을 가져다 알코르에 재어 놓은 듯한 물빛
새들이 날아와 수면에 글씨를 쓰고
구름이 몰려와 이불을 덮어 주고
눈발이 수면 위에 덧칠해 놓은 그림을
종종 바람이 훔쳐간다

스무 살에 올랐던 산정호수에 다시 올라 문득 왜 그 광경이 떠올랐을까.

아주 오래전, 서른세 살에 요절한 내 아버지의 사촌동생이 아버지보다 세 배는 더 오래 살다 세상을 떠나 매장하러 간 서울 근교의 공동묘지에서 바로 옆자리에 들어갈 젊은 여자. 정확하게는 관에 넣지 않은 젊은 여자의 시체. 어서 빨리 썩어 흙으로 돌아가라고 관에 넣지 않았다던 그 젊은 여자가 하늘을 향해 무방비로 누워 있던 모습이. 오랜 세월 동안 변함없이 하늘을 품고 누워 있는 이 산정호

수에서.

정상에 오르자
당돌하게 모습을 드러낸 거대한 거울이
고통과 쾌락을 무지개로 그려낸다

스무 살 무렵의 사랑은 조금도 진화하지 않았다
그저 퇴적층처럼 쌓여갈 뿐이다

눈발 흩날리는 물가에서
과거에서 전달받아 미래의 나에게 발신한
그 전언을
청명하게 받아든다

—「산정호수」 전문

'산정호수山井湖水'는 경기도 포천시 영북면 산정리에 위치한 인공 호수로서 많은 이들이 찾는 대표적인 관광지이기도 하다. 이상한 일이다. '산정호수'에서 전개되는 이 시의 분위기는 '죽음'으로 가득하다. 시의 화자 '나'는 "스무 살에 올랐던 산정호수에 다시 올라" "그 광경"을 떠올린다. '나'는 "서울 근교의 공동묘지에서" "관에 넣지 않은 젊은 여자의 시체"를, "그 젊은 여자가 하늘을 향해 무방비로 누워 있던 모습"을 생각한다.

이유를 알 수 없는 일들의 연속이 삶임을 감안할 때, 오랜만에 '산정호수'에 오른 '나'가 '젊은 여자의 모습'을 떠올리는 것도 가능한 일이다. '그 젊은 여자'가 '나'에게 전하는 메시지는 '죽음'과 연결된다. 아니다. "아직은 죽지 않았다" "이제 죽음마저도 견딜만하다" "쌓인 추억과 꿈을 더하면 생은 그리 짧지도 않다" 등 1연의 진술을 종합해 보면 이 시는 오히려 '생生'을, '삶'을 이야기한다. 한 성례에 따르면 삶은 '과거'와 '현재'와 '미래'가 주고받는 대화이자 '고통'과 '쾌락'과 '사랑'이 뒤섞인 '무지개'이다.

> 쓰러지자마자 한순간에 숨을 거둔 57세의 아들, 다섯 달 전의 그 갑작스런 죽음을 슬로 모션으로 반추해 보이듯 87세의 어머니는 중환자실에 누워 하루하루 끈질기게 생을 붙잡고 있다.
> 기다리다 기다리다 못 견디게 보고 싶은 날이면 아들을 만나러 그 강가까지 나갔다가 돌아오고 다시 나서기를 반복한다.
> 아들의 죽음을 알리지도 않았는데, 인사하러 왔더라며 죽었냐고 묻고는 하루를 목 놓아 울고 나서 언어능력도 지각능력도 다 놓아버리고, 이제 곡기마저 받아들이지 못한 지 며칠.
> 초점 흐린 눈을 깜박이는 것 외에는 움직일 수도 없지만 의식만은 나비처럼 가벼워 팔랑팔랑 그 강가까지 날아다닌다.
> 오늘도 아들을 만나지도, 그 강을 건너지도 못한 채 돌아온 모양이다.
> 길을 잃지 않고 둥지를 찾아 돌아온 하얀 나비 한 마리.
>
> —「하얀 나비 한 마리」 전문

여기 “57세의 아들”과 “87세의 어머니”가 있다. 아니다. 아들은 다섯 달 전에 쓰러지자마자 한순간에 숨을 거두었으니, “갑작스러운 죽음”을 맞이하였으니 지금, 여기에는 어머니만 있다고 말하는 게 정확하겠다. 어머니는 중환자실에 누워 ‘삶’과 ‘죽음’ 사이를 위태롭게 오가는 중이다.

한성례는 어머니의 무대를 “그 강(가)”(으)로 규정한다. 이승과 저승을 가르는 ‘스틱스Styx’ 같은 ‘그 강(가)’(으)로 어머니는 “나갔다가 돌아오고 다시 나서기를 반복한다.” 가족은 고령의 노모에게 “아들의 죽음”을 알리지 않았음에도 불구하고 늙은 어머니는 아들의 부재를 인식하고 모든 걸 놓아버린 것이다. “아들을 만나지도, 그 강을 건너지도 못한” 노모의 “의식만은 나비처럼 가벼워 팔랑팔랑 그 강가까지 날아다닌다.” 시인은 어머니를 “길을 잃지 않고 둥지를 찾아 돌아온 하얀 나비 한 마리.”에 비유한다. 탁월한 비유란 이런 것이 아닐까?

> 몽골의 초원에서 나는 많은 것들을 내려놓아야 한다고 생각했지요. 가능한 한 털고 버리고서 빠드득 물기 마른 지평선 한 자락 몰고 올라가 산뜻하게 걸린 무지개처럼 정말이지 몸이 가벼워지는 것. 지구라는 행성에 나란히 동거하면서도 우린 서로 가진 것이 달랐지요. 몇 마리의 양과 말, 한나절이면 거뜬히 접어 길 떠나, 발 닿으면 다시 세우는 서너 평 남짓한 ‘겔’. 고작 그 안을 채울 만큼이 온 가족

이 가진 것 전부. 그러기에 몽골의 유목민들에게는 짙푸른
하늘과 끝없는 초원, 머리 위로 열리는 밤하늘의 수박만
한 별들, 이 모두가 다 그들 차지였지요.

—「가진 것」 전문

좋은 시를 읽은 독자는 스스로를 성찰하는 행운의 순간과 마주하게 된다. 「가진 것」을 읽는 독자 역시 자신을 반성하는 기회를 얻을 확률이 높다. 시의 화자 '나'는 "몽골의 초원"에서 "몽골의 유목민들"의 생활을 바라보면서 '가진 것'을 생각한다. '나'는 "가능한 한 덜고 버리고서" "많은 것들을 내려놓아야 한다고 생각"한다. '나'가 많은 것을 덜고 버리고 내려놓아야 한다는 생각에 도달하게 된 계기는 몽골의 유목민들 때문이다. 그들은 "몇 마리의 양과 말" "서너 평 남짓한 '갤'"을 "채울 만큼"의 '가진 것'이 있을 뿐이지만 역설적으로 "푸른 하늘과 끝없는 초원, 머리 위로 열리는 밤하늘의 수박만한 별들,"을 소유한다. 한성례의 시 「가진 것」은 에리히 프롬Erich Fromm이 말한 '소유(To Have)'와 '존재(To Be)'의 상관관계를 떠올려 볼 수 있는 역작力作이 아닐 수 없다.

발 들인 적 없는 시간 속을
무수한 기억이 소용돌이친다

옛날에 살았던

시골집 풍경을 떠올릴 때면
발정 난 수캐가 암캐와 흘레붙던 광경이
잔상처럼 남아 있다
아이들이 던지는 돌멩이를 맞고도
묵묵히 견디며
혹은 반드시 그래야 한다는 듯
본능에 충실하던 그 개들의 처연함
웃는 것도 같고 화난 것도 같고
슬픔과 환희가 뒤섞인 것도 같던 표정이
뱀딸기 같은 붉은 눈빛과 함께
시간의 얼개 속을 걸어 나온다

정체 모를 습성
참을 수 없는 것을 참아낼 때 인내라고 하겠지
수비만을 위한 삶
수비만의 발길질
목적 없는 집요함
죽을 만큼 견디는 것
그건 가장 잘할 수 있는 일
그래 얼마든지 견뎌주마!

시간의 안을 들추면 겹겹이 가시가 돋아 있다
오늘도 그 가시 하나를 뽑아들고
습관처럼 다시 곧추선다

—「수비의 계보」 전문

모든 순간은 현재라는 이름으로 다가왔다가 언젠가 과거 또는 기억이라는 이름으로 위치를 옮긴다. 「수비의 계보」는 '시간'을, '기억'을, '옛날'을 이야기하는 시이다. "발 들인 적 없는 시간"은 아직 경험하지 않은 시간이기에, 새롭게 맞닥뜨리는 시간이기에 두려움이나 떨림 또는 설렘 같은 감정을 자극한다.

한성례는 "옛날에 살았던/ 시골집 풍경"과 "발정 난 수캐가 암캐와 흘레붙던 광경"을 소환한다. 시인에게 "본능에 충실하던 그 개들"은 "처연함"으로, '웃음'으로, "화"로, "슬픔과 환희가 뒤섞인 것"으로 다가왔을 테다. 어쩌면 그녀는 "아이들이 던지는 돌멩이를 맞고도/ 묵묵히 견디며" 행위를 하던 개들의 모습에서 "수비만을 위한 삶"을 영위하는 스스로의 모습을 발견했는지도 모른다. "참을 수 없는 것을 참아"내는 일, "죽을 만큼 견디는 것"은 시인의 운명이었던 걸까? 한성례의 해석처럼 가시 돋친 시간의 트랙 또는 삶의 궤도를 "습관처럼" 살아내는 우리는 거룩한 '수비의 계보'의 일원인지도 모르겠다.

> 피를 모으느라 여자들은 몸이 들쑤신다
> 흙은 온몸으로 지하수를 돌게 하고
> 길을 내며 모여든 피의 열기로
> 늘 자궁은 뜨겁다
> 한 달에 한 번 물을 바꿔 넣으려고

여자들은 우물가로 모이고

집중되는 시선이 두려운
고향마을 천수답 한가운데
하늘 향해 뻥 뚫린
내 어릴 적 우물
여자들은 달구어진 몸이 뜨거워
물을 퍼내고 있다

누구나 하나쯤은 감추어둔 죄
속절없이 솟구치던 뜨거움
한여름에도 뼛속까지 차가운 물을
바가지로 푹푹 퍼서 끼얹던 고향우물

그 우물가로
전생에 죄진 생들이
스믈스믈 모여들고
실뱀으로 구렁이로 꽃뱀으로
매달리거나 물구나무 서 있다
생전에 열기 식힌 우물가
물기 있는 몸이라 어쩔 수도 없던
황홀한 죄 따라 돌아오고

문둥병 걸려 소록도 떠난 남편 자리
시동생으로 대신하다 태어난 아이
우물에 던져 넣은 여자

청상과부로
젊어서 혼자된 시아버지
물기 적신 여자, 여자들

내 기억의 우물가에는
꿈에서조차 소문이 범람하고 있다

—「고향우물」 전문

시의 화자 '나'의 특이한 '기억'을 다루는 시이다. '나'가 떠올리는 '기억'의 무대는 '고향우물'이다. 그곳은 "꿈에서조차 소문이 범람하고 있"는 잊을 수 없는 공간이다. 한성례로서는 어떤 방식으로든 '고향우물'을, "내 기억의 우물가"를 다뤄야만 했을 것이다. 시인이 펼치는 '우물' 이야기는 사실 어떤 '여자들'에 관한 이야기이다.

「고향우물」은 '남자들'은 알 수 없는 '여자들'의 내밀한 이야기를 다루는 시이다. 여자들은 피를 모으고 자궁은 뜨겁고 몸은 들쑤신다. "달구어진 몸이 뜨거워" 그녀들은 우물가에 모여 "물을 퍼내고 있다" 여자들이 "한여름에도 뼈 속까지 차가운 물을/ 바가지로 푹푹 퍼서 끼얹던" 이유는 무엇일까? 그녀들이 "속절없이 솟구치던 뜨거움"을 느꼈던 까닭은 "감추어둔 죄" 때문이었을 게다.

한성례에 따르면 여자들은 '뜨거운 죄'이자 '황홀한 죄'를 범했다. 가령 "문둥병 걸려 소록도 떠난 남편 자리/ 시동생으로 대신하다 태어난 아이/ 우물에 던져 넣은 여자"가 그러하고 "청상과부로/ 젊어서 혼자된 시아버지/ 물기 적신 여자, 여자들"이 또 그러하다. 시인은 이 작품에서 여성만이 체험하고 경험할 수 있는 죄의 대비적 속성을 곧 뜨거운 죄와 황홀한 죄를, 소문처럼, 기억처럼, 꿈처럼 펼치고 있는 것이다.

몽골 후스테인누르의 야생마 보호구역에는 야생마들이 온종일 먼 하늘을 응시하고 있다. 전설을 품고 선사시대 동굴 벽화에서 막 튀어나온 듯하다. 살아 있는 화석. 큰 몸집, 검고 윤기 나는 털, 유난히 긴 다리, 남의 손길을 죽을 만큼 싫어하는 그들, 살아 있는 화석의 이름은 타키, 일명 프로체발스키는 보호받기를 완강히 거부하며 모래 둔덕을 넘어오는 모래바람을 온몸으로 맞고 서서 사막의 거센 바람 소리에 가만히 귀 기울이고 있다.

제발 누구도 내 삶에 끼어들지 마! 원시의 푸른 하늘이 가득 들어찬 눈동자가 그걸 말해주는 것 같다. 사람 손을 타면 그 낯선 냄새가 견딜 수 없어, 타계他界와의 접선에 몸서리치며 핏덩어리 제 새끼조차 물어 죽이고 마는 몽골의 야생마는 수만 년을 건너온 유전자 속에 자유! 오로지 그 자유의 인자만이 새겨져 있다.

아무리 좋아해도 결코 먼저 다가가지 않는 이 야생마는 발밑을 간질이는 초원의 야생화나 종종 놀러 오는 사막의 늑대들과도 침묵의 교분을 맺으며 별빛 쏟아지는 밤이면

몽환의 꿈을 꾼다

> 눈 가득 하늘을 담고 있어 보통은 꿈을 꾸고 있는 듯 보이지만 모래바람이 매몰차게 온몸을 때리면 꼼짝하지 않는 고행으로 마음을 단련시키고 가슴에는 불길을 꾹꾹 눌러 담는다.
>
> —「야생마 보호구역」 전문

한성례의 이번 시집에는 '몽골'과 관련된 시들이 더러 수록되어 있는데 앞에서 살핀 「가진 것」 같은 작품이 그러하다. 「야생마 보호구역」 역시 '몽골' 체험을 배경으로 하는 시이다. 시인이 여기에서 주목하는 대상은 "몽골 후스테인누르의 야생마 보호구역에"에 사는 "야생마(들)"이다. 그녀가 산이나 들에서 저절로 나서 자란 말을 가리키는 야생마野生馬에 눈길을 주는 까닭은 무엇일까?

'몽골의 야생마(들)'을 포위하는 표현으로는 "먼 하늘" "전설" "선사시대" "동굴 벽화" "살아 있는 화석" 등이 있고 무엇보다도 "자유"가 돌올하게 떠오른다. 그들은 "남의 손길을 죽을 만큼 싫어"하고 "사람 손을 타면 그 낯선 냄새가 견딜 수 없어, 타계他界와의 접선에 몸서리치며 핏덩어리 제 새끼조차 물어 죽이고" 만다. 한성례가 "아무리 좋아해도 결코 먼저 다가가지 않는" 도도한 몽골의 야생마(들)을 독자에게 기꺼이 소개하는 이유는 무엇일까? 우리는 "꼼짝하지 않는 고행으로 마음을 단련시키고 가슴에는 불길을 꾹꾹 눌러 담는" 그들의 현실 감각을 배워야 하는지도 모른다. 또한 "별빛 쏟아지는 밤이면 몽환의 꿈을" 꾸는 그들의 낭만성도 익히면 좋을 테다.

잠수교 건너가다 눈 펄펄 날리는 다리 위로
막 거슬러 오르는 참치 한 마리
눈발 속에 섞여
언뜻 나타났다 사라진 걸 본 것 같다

쉼 없이 헤엄쳐가야 하는 숙명
달리다 멈추면 산소를 들이켜지 못해
끝나버리는 생

등 뒤로 지느러미 미끈하게 세우고 비상하는 몸짓
현해탄 험한 파도를 헤엄쳐온 듯
활기차 보이는 그 배경 뒤로
눈발 속 잠수교는 내리막길을 감추었다
미끄러울 때는 이런 길이 가장 위험하다던데
오르막길에 가속도가 붙은 채 달려 내려가 버리니까
초보운전 중인 내게 말하던
시인은 그 해가 가기 전 산소를 마시지 못하고
가던 길을 멈추었다

습관처럼 꼬리 살살 흔들며
가끔은 운명이란 운전하는 것이라며

외쳐대 보기도 하지만
속편이 없어
속절없는 우리의 생
나의 생

뜨거운 지느러미
어디로든 헤엄쳐가야 하는 날
가슴 속 깊이 불덩이 하나 묻어두고
뼛속까지 다 타지 않게
한없이 달려가야 하는
당신의 생, 나의 생

—「잠수교와 참치」 전문

한강에 건설된 다리 가운데 하나를 뜻하기도 하는 '잠수교潛水橋'에는 보통 때에는 물 위에 드러나 있으나, 큰 물이 나면 물에 잠기는 다리라는 의미가 있다. 한성례의 시 「잠수교와 참치」의 1연에는 작품의 모티브motive가 담겨 있다. '물 위에 드러난 다리'와 '물 아래 잠기는 다리'라는 이중의 속성을 가진 대상이 잠수교이다. 시의 화자 '나'는 "참치 한 마리"가 "눈발 속에 섞여/ 언뜻 나타났다 사라진 걸 본 것 같다"고 진술하는데 여기에서 '나타남'과 '사라짐' 사이에서 진동하는 '참치'는 있기도 하고 없기도 한 대상이다. 이 작품의 제목에 노출된 두 개의 대상 곧 '잠수교'와 '참치'는 공통적으로 '현실'과 '환상'을 넘나드는 미묘한 매력을 발산한다.

시인이 우리에게 전하려는 메시지는 4연과 5연에 그득한 것으로 보인다. 한성례는 “나의 생” “우리의 생”은 “속편이 없어” “속절없는” 것임을 전언한다. 그런 까닭에 그녀는 “당신의 생”과 “나의 생”은 “가슴 속 깊이 불덩이 하나 묻어두고/ 뼈 속까지 다 타지 않게/ 한없이 달려가야 하는” “운명”이라고 강조한다. 지난날을 가슴에 묻고 앞날을 생각하며 멈추는 순간까지 달려가 봐야 하는 게 ‘생生’이고 ‘삶’이 아니겠는가?

> 저 글자 무슨 뜻?
> 글자가 꼭 웃고 있는 모양이네
> 일본인 친구가 불쑥 묻는다
> 그 자리에 ‘꽃’ 자가 있다
>
> 웃고 있는 꽃 자
> 꽃집 유리문 밖으로 웃음을 던지며
> 시선을 잡아끄는 꽃 무더기
> 무명씨의 꽃들
> 꽃처럼 꽃이라는 글자가 활짝 웃고 있다
>
> 웃는 꽃
> 꽃 이파리 행간마다
> 꺾인 자존심을 꼬깃꼬깃 구겨 넣어
> 얼굴에는 웃음만이 남아
> 웃음으로 가득 차 있다

웃는 꽃은 슬픈 꽃!

여행 중인 승합차 안에서 바라본
아주 짧은 한순간
꽃을 위한 꽃 자
꽃 자를 위한 꽃의 웃음

꽃이란 이름으로 화려하게 치장하고
웃음을 달고 살아야 하는
꽃의 생리
그 얼굴에 맞춰진
꽃이라는 이름

—「웃는 꽃」 전문

우리는 흔히 '어린이는 순수하다'라는 말을 한다. 이는 어떤 대상을 있는 그대로 받아들인다는 의미와 크게 다르지 않을 테다. 흥미로운 점은 어른도 순수한 상태에 놓이는 경우가 있다는 사실이다. 낯선 외국外國에 나가 외국인外國人의 입장이 되어 생소한 글자를 읽게 될 때, 어쩌면 우리는 순수함에 가까운 호기심을 보일지도 모른다.

한성례의 시 「웃는 꽃」 1연에 나오는 "일본인 친구"는 잠재된 시의 화자 '나' 또는 시인에게 "꽃"이라는 "글자가 꼭 웃고 있는 모양"이라면서 그것의 뜻을 묻는다. 한국인이라면 '꽃'이라는 글자를 '웃고 있는 모양'으로 해석하는 일은 쉽지 않았을 게다. 일본인 친구는 외국인으로서 어린이의 순수함을 닮은 호기심을 발휘하여 '꽃'에서 '웃음'을 찾아내었을 테다.

시인은 일본인 친구의 신선한 관점을 적극적으로 수용한다. "웃고 있는 꽃 자" "꽃집 유리문 밖으로 웃음을 던지며" "꽃처럼 꽃이라는 글자가 활짝 웃고 있다" "웃는 꽃" 등의 표현은 이를 입증한다. 한성례의 강점強點은 단순히 타인의 견해를 수용하는 것을 넘어서 자신의 개성적인 해석을 가미한다는 사실과 관련된다. 4연의 "웃는 꽃은 슬픈 꽃!", 6연의 "꽃이란 이름으로 화려하게 치장하고/ 웃음을 달고 살아야 하는/ 꽃의 생리/ 그 얼굴에 맞춰진/ 꽃이라는 이름"을 보면 '꽃'의 속성에는 '웃음'만 있는 게 아님을 알 수 있다. '꽃'이라는 이름의 '화려함', '웃음' 뒤에는 '슬픔'이 도사리고 있다. 시인이 제시하는 '꽃'은 참을 수 없는 존재의 '웃음'과 '슬픔'을 아우르는 은유 또는 상징일 수 있다.

3.

한성례는 번역가이자 시인이다. 일본의 시와 문학을 우리나라에 소개하면서 한국어와 일본어로 된 다수의 시집을 간행한 바 있는 그녀가 새로운 시집을 출간하게 되었다. 번역과 창작의 바람직한 융합을 시도하는 한성례의 시 세계를 파악하기 위해서 우리가 주목한 시편으로는 「산정호수」 「하얀 나비 한 마리」 「가진 것」 「수비의 계보」 「고향우물」 「야생마 보호구역」 「잠수교와 참치」 「웃는 꽃」 등이 있다.

「산정호수」를 읽는 독자는 '죽음'의 분위기에 휩싸이기 쉬우나 이 시는 오히려 '생生'을, '삶'을 이야기한다. 시인에 따르면 삶은 '과거'와 '현재'와 '미래'가 주고받는 대화이자 '고통'과 '쾌락'과 '사랑'이 뒤섞인 '무지개'이다. 그녀는 「하얀 나비 한 마리」에서 어머니를 "길을 잃지 않고 둥지를 찾아 돌아온 하얀 나비 한 마리."에 비유함으로써 탁월한 비유의 실례를 보여준다.

한성례의 시 「가진 것」은 에리히 프롬Erich Fromm이 말한 '소유(To Have)'와 '존재(To Be)'의 상관관계를 떠올려 볼 수 있는 역작力作이다. 모든 순간은 현재라는 이름으로 다가왔다가 언젠가 과거 또는 기억이라는 이름으로 위치를 옮긴다. 「수비의 계보」는 '시간'을, '기억'을, '옛날'을 이야기하는 시이다.

시인은 「고향우물」에서 여성만이 체험하고 경험할 수 있는 죄의 대비적 속성을 곧 뜨거운 죄와 황홀한 죄를, 소문처럼, 기억처럼, 꿈처럼 펼치고 있다. 「야생마 보호구역」에서 우리는 "꼼짝하지 않는 고행으로 마음을 단련시키고 가슴에는 불길을 꾹꾹 눌러 담는" 야생마(들)의 현실 감각을 배워야 하는지도 모른다. 또한 "별빛 쏟아지는 밤이면 몽환의 꿈을" 꾸는 그들의 낭만성도 익히면 좋을 테다.

한성례 시 「잠수교와 참치」의 제목에 노출된 두 개의 대상 곧 '잠수교'와 '참치'는 공통적으로 '현실'과 '환상'을 넘나드는 미묘한 매력을 발산한다. 「웃는 꽃」에서 시인이 제시하는 '꽃'은 참을 수 없는 존재의 '웃음'과 '슬픔'을 아우르는 복합적인 은유 또는 상징일 수 있다.

번역가로서의 한성례와 시인으로서의 한성례의 앞길은 아직도 창창하다. 또한 인간으로서의 한성례의 앞길 역시 여전히 그러하다. 그녀가 이번 시집에서 보여준 시세계는 '죽음'과 '생生'을 아우르고, '고통'과 '쾌락'을 껴안는다. 시인은 '존재'와 '소유'의 상관관계를 생각하고, '죄'의 뜨거움과 황홀함을 고찰한다. '고향'과 '옛날'과 '기억'을 간직하면서도 '꿈'을 소중하게 여기는 그녀의 다음 시편이 벌써부터 기다려진다.